AF395867

ÉDITION DU CENTENAIRE

# LES
# ÉLEUTHÉROMANES

PAR

## DIDEROT

AVEC UN COMMENTAIRE HISTORIQUE

Prix : 1 fr. 25 cent.

# PARIS

A. GHIO, ÉDITEUR

GALERIE D'ORLÉANS, 5, PALAIS-ROYAL

—

1884

# LES

# ÉLEUTHÉROMANES

IMP. V. P. LAROUSSE &C.
PARIS PARIS
RUE 19
MONTPARNASSE

ÉDITION DU CENTENAIRE

# LES
# ÉLEUTHÉROMANES

PAR

## DIDEROT

AVEC UN COMMENTAIRE HISTORIQUE

« La grande et belle expérience
d'une république sans [dieu est
encore à faire. »
SYLVAIN MARÉCHAL, 1799.

« Réorganiser sans dieu ni roi. »
AUGUSTE COMTE, 1848.

## PARIS

A. GHIO, ÉDITEUR

GALERIE D'ORLÉANS, 5, PALAIS-ROYAL

1884

# COMMENTAIRE

Le centième anniversaire de la mort de Diderot correspond au 30 juillet prochain.

De divers côtés, en France, on s'apprête à le célébrer et à honorer publiquement, à cette date, la mémoire du fondateur de l'*Encyclopédie*.

Aucun penseur, peut-être, n'est plus digne d'un tel hommage dans ce grand XVIIIe siècle auquel la civilisation générale, et, en particulier, celle de notre pays, doivent une si large part de reconnaissance.

L'œuvre de Diderot, son apport personnel au trésor philosophique de l'Humanité, au progrès intellectuel et social de notre espèce, se compose de deux parts bien distinctes, correspondant aux deux grandes directions du temps où il vécut.

A ce moment, l'ancien régime, — ce système catholique et féodal qui avait succédé à la civilisation romaine, — était bien près de s'effondrer ! Les assises du vieil édifice, les bases spirituelles et temporelles de la société du moyen âge, l'autel et le trône, comme on disait alors, étaient, du moins en France, également ruinées; et les éléments qui devaient servir à la reconstruction d'un ordre nouveau, les matériaux avec lesquels on devait élever le mônument de la société moderne n'étaient pas encore tous élaborés, rassemblés, et se trouvaient pêle-mêle avec les ruines toujours debout des âges anciens (1).

C'est alors que surgît Diderot.

Doué d'un incontestable génie, de facultés d'assimilation et d'analyse puissantes et d'une force synthétique non moins remarquable, il eût, d'emblée, l'aperception des besoins immédiats de son temps, la capacité mentale et morale nécessaire pour s'efforcer d'y subvenir. Il eut une vue claire de la double opération échue à son époque : nécessité de renverser l'ancien régime, nécessité d'y substituer un système social reposant sur des bases entièrement neuves; il comprit qu'il fallait, d'ores et déjà, éliminer la théologie et la guerre et remplacer ces modes sociaux provisoires désormais épuisés, destitués d'efficacité politique, par les forces spontanées qui s'étaient produites, exercées et développées silencieusement pendant que décroissaient les premières (2).

Voilà comment et pourquoi l'œuvre de Diderot

(1) Voy. Auguste Comte, *Opuscules de philosophie sociale* (1819-1828); 1 vol. in-12. Leroux. Paris, 1883.
(2) Auguste Comte, *ibidem*.

fut double : destructrice à l'égard de l'ancien régime, constructrice envers le nouveau.

Et s'il étendit également la négation à dieu et au roi, si, sous ce rapport, il fut complet, il ne sentit pas moins, pour le présent et l'avenir, l'importance de la science et de l'industrie, et parvint à s'assimiler, afin de les coordonner et de les rattacher à un même but : *la réorganisation de la société*, toutes les connaissances abstraites et concrètes amassées par ses devanciers et par ses contemporains.

Mais, par une fatalité inévitable qui pèse encore aujourd'hui sur le monde, le mouvement de recomposition sociale n'étant pas, il s'en faut ! aussi avancé que le mouvement de décomposition de l'ancien régime, — la chimie, la physiologie, qui sont des parties essentielles du nouveau système mental, n'étaient encore qu'ébauchées, et la science sociale était à peine entrevue ! — Diderot ne pouvait et ne put élaborer la synthèse philosophique qui devait servir de base à cette réorganisation de la société, cependant si urgente.

De là tous les tâtonnements théoriques et pratiques, toutes les oscillations, tous les bouleversements qui accompagnèrent et suivirent la chute de l'ancien régime et qui ne cesseront que quand la théologie et la métaphysique auront été remplacées comme croyance générale, au moins chez tous les esprits actifs, par la synthèse positive ou philosophie des sciences.

De là aussi l'entière efficacité de la partie négative ou destructrice de l'œuvre de Diderot, et l'insuffisance inévitable de sa partie organique, de beaucoup la plus difficile et la plus durable cependant.

De là, enfin, l'appui que des écoles et des partis très opposés ont pu trouver, en se recommandant à juste titre du fondateur de l'*Encyclopédie*, dans ses écrits si nombreux et si variés.

Les négateurs du gouvernement quel qu'il soit, temporel et spirituel, les ennemis du pouvoir politique et de la direction religieuse, en un mot les adversaires de toute autorité, peuvent en effet y prendre des armes, aussi bien que ceux qui, respectueux des lois naturelles et immuables de l'ordre humain, veulent reconstituer sur des bases positives les deux grandes forces publiques, les deux principales institutions humaines sur lesquelles a reposé jusqu'ici la marche de la civilisation, savoir, la religion (nous ne disons point la théologie) et le gouvernement.

C'est cette puissance morale, c'est cette supériorité intellectuelle dans l'accomplissement de la double tâche qui était échue à son siècle d'après les antécédents sociaux de la France et de l'Occident, qui font la gloire de Diderot et qui élèvent sa magnanimité à la hauteur de son génie.

C'est pourquoi nous avons tenu à honneur, à propos de son centenaire, et quelle que soit notre insuffisance, d'apporter un grain de sable à l'édifice de sa glorification, en montrant plus explicitement qu'on ne l'a fait jusqu'à ce jour comment il se rattache à la Révolution française, à l'œuvre de régénération qu'elle a rendue possible et qu'elle a si généreusement commencée, ainsi qu'aux efforts de ceux qui, de nos jours, en poursuivent l'achèvement; ce qui le place assurément dans le grand courant du progrès humain.

Nous allons donc rechercher à quel degré il peut être considéré comme *républicain,* se liant aux hommes politiques qui, à la fin du siècle dernier, attaquèrent le plus audacieusement l'ancien régime, et, aujourd'hui même, au groupe qui s'efforce de mener à fin l'œuvre philosophique, politique et sociale commencée au xviiie siècle, en réorganisant la société à la lumière des sciences complétées, systématisées, reliées en un corps de doctrine, en une seule et même foi.

Qui le croirait? la complète émancipation théologique de Diderot est encore assez souvent niée, textes en mains, par des gens de très bonne foi qui ne voient que la lettre, et qui, du reste, sont animés d'intentions très opposées : les uns, considérant l'athéisme comme une croyance quasi-criminelle, veulent en décharger le philosophe; les autres, voyant la foi en cette doctrine reprendre crédit de nos jours, lui reprochent de ne l'avoir point affichée.

Rien n'est plus aisé, cependant, que d'arriver à la certitude sur ce point : il suffit de constater, d'une part, que les passages de ses premières œuvres où il incline au déisme, tous ceux, en un mot, où il se sert encore des vocables théistes, ne sont que des concessions inévitables aux habitudes initiales et surtout aux nécessités de son temps, tandis que sa foi scientifique, sa croyance intime, inébranlable aux *lois naturelles des choses et des êtres*, qui expliquent le monde et l'homme sans aucune intervention divine quelconque, se dégagent de tous ses écrits en général et de quelques-uns en particulier d'une manière qui ne laisse pas de place à l'hésitation.

C'est dans l'*Encyclopédie*, principalement, que l'on peut remarquer ces sortes de compromis, et l'on sait que, encore qu'il y ait fait, en ce genre, les plus grands sacrifices au succès de sa publication, Diderot eût l'extrême douleur, pendant que cet ouvrage s'imprimait, d'y voir le texte de ses articles *altéré*, mutilé, non seulement par la censure, mais encore par une exécrable trahison de son imprimeur.

La lettre virulente qu'il lui écrivit à ce sujet en fait foi, et Naigeon nous a appris qu'il « ne se rappelait jamais cette circonstance, une des plus critiques de sa vie, sans frémir des excès auxquels un ressentiment, d'ailleurs très juste, peut quelquefois porter l'homme le plus honnête et du caractère le plus doux. » — (Notice du *Supplément aux œuvres de Denis Diderot*, édition Belin, p. 30, 1819.)

« Diderot était *athée*, dit encore Naigeon, et même un athée très ferme et très réfléchi. Il était arrivé à ce résultat d'une bonne méthode d'investigation par toutes les voies qui conduisent le plus directement à la vérité : c'est-à-dire par la méditation, l'expérience, l'observation et le calcul. »

Quant aux articles théologiques de l'*Encyclo-*

*pédie*, rédigés par les abbés Morellet, Yvon, de Prades, Mallet et par le pasteur Polier, on les a finement et justement comparés à ces animaux sacrés que les peuples qui attaquaient les Égyptiens plaçaient, en allant les combattre, à la tête de leur armée.

Dans ses lettres à M$^{lle}$ Voland, le philosophe écrit de Langres, à la date du 14 août 1759 : « J'ai rencontré ici quelques hommes bien décidés et bien nets sur *le grand préjugé* (l'existence de dieu); et ce qui m'a fait un plaisir singulier, c'est qu'ils tiennent un rang parmi les honnêtes gens. »

N'avait-il pas dit ailleurs, dans l'*Entretien sur le fils naturel* :

« Celui qui ne croit pas en dieu n'en est que plus obligé d'être honnête homme et bon citoyen? »

Et dans ses *Pensées philosophiques* : « La morale peut être sans la religion? (1) »

Enfin, on trouve dans le premier paragraphe du chapitre viii du *Système de la nature*, par d'Holbach et Diderot, tome deuxième, cette conclusion des sections précédentes, où le théisme est analysé à fond : « Tout a dû nous convaincre que

(1) Voy. Naigeon, *Mémoires historiques et philosophiques sur la vie et les ouvrages de D. Diderot*; 1 vol. in-8°. Paris, Brière, 1821. — Sylvain Maréchal, *Dictionnaire des athées anciens et modernes*; 1 vol. in-8°. Paris, an VIII. — Diderot, *Œuvres complètes*; édition Assézat et Tourneux, 1875-76.

l'idée de dieu, si généralement répandue sur la terre, n'est qu'une erreur universelle du genre humain. »

Citons aussi, pour mémoire, les *Pensées philosophiques* (1746), qui furent condamnées par le Parlement; la *Lettre sur les aveugles* (1749), qui fit mettre son auteur à la Bastille; le *Dialogue d'un philosophe avec la Maréchale*, etc.

Quant à l'émancipation politique de Diderot, elle ne nous semble pas plus équivoque.

Sans parler, entre tant d'autres ouvrages, de l'*Essai sur les règnes de Claude et de Néron*, qui contient des allusions si hardies et des critiques s'adaptant avec un si singulier à-propos aux temps où le philosophe vivait (1), nous rappellerons qu'une œuvre bien faible par le volume, un très court poème que d'aucuns regardent comme une boutade regrettable, mais qui nous semble, au contraire, une manifestation de très haute

---

(1) « Pline l'ancien dit qu'il eût été moins affligeant de voir Néron consulter les esprits infernaux que les favorites. Ce qu'il y a d'hommes pervers dans une cour se presse autour d'elles, fléchit le genou devant elles, et elles avilissent tout ce qui les approche. Elles sont protectrices nées des scélérats, persécutrices infatigables des honnêtes gens. Assises sur le trône à côté du maître, il y a deux autorités : elles ont leur parti, leur conseil, leurs audiences; l'empire du souverain est moins tyrannique, moins capricieux que le leur : elles plient à leur gré la volonté de leur amant; elles déposent les ministres, elles donnent des généraux aux armées, elles en tracent la marche sur une carte avec des mouches, et vingt mille hommes sont égorgés. »

portée, peut servir de point de repère et comme de lien pour rattacher Diderot à la période révolutionnaire militante. C'est la pièce à laquelle il a donné pour titre : *Les Éleuthéromanes, les Furieux de la liberté !* qui nous paraît devoir figurer parmi les productions littéraires les plus chaudes qui aient concouru à déterminer l'élan auquel nous devons, en France, l'avènement de la république.

C'est donc beaucoup moins au point de vue de l'art, que nous sommes loin de rabaisser, cependant, qu'au point de vue historique et politique, que nous reproduisons aujourd'hui le célèbre dithyrambe où le philosophe a *explicitement* manifesté la nature et l'intensité de ses convictions républicaines; son horreur pour la royauté française en décadence (condamnée en principe par tous les esprits éminents et par les masses sociales, — le tiers état, — qui en supportaient le fardeau); la vue nette, vigoureuse, qu'il avait dès lors de la nécessité de la Révolution; enfin, le sentiment qu'il nourrissait assurément du régime à la fois rationnel et pacifique, plus clément et plus éclairé, qui devait remplacer bientôt le système catholique et féodal en décomposition.

Quelles raisons a-t-on opposées à cette manière de voir?

On a dit · « La preuve que *les Éleuthéromanes* n'ont aucun rapport avec les excès de la Révolution française, c'est que cette pièce n'a été imprimée qu'en 1795. »

Est-ce vrai?

Mais d'abord, quels excès peut-on légitimement reprocher à une nation qui, venant à briser des chaînes plus que séculaires, un despotisme exterminateur qui avait, lui, épuisé tous les excès! ose enfin porter une main vengeresse sur ses bourreaux? Quelle pitié, quelle autre rémunération méritaient les pensionnés du Livre rouge, les entremetteurs du Parc aux cerfs et de la prostitution de l'alcôve royale, les trafiquants des lettres de cachet, les bénéficiaires du pacte de famine, les tortionnaires de l'ancien régime, si ce n'est cette justice sommaire que les *manants* des campagnes et des villes firent aux aristocrates français de juillet 1789 à septembre 1792 (1)? Et comment imputer à crime au grand et bon Diderot d'avoir laissé déborder son cœur, sa pitié, son indignation dans des vers dont la fureur est encore restée au-dessous peut-être de ce que méritaient ceux-là qui, pendant tant et de si longues années, avaient pourvu à

(1) D'après la loi naturelle d'équivalence entre l'action et la réaction, ce débordement de vengeances, que l'on doit considérer comme l'application la plus juste de la peine du talion, était inévitable après la prise de la Bastille et la victoire du 10 août. Rien ne pouvait l'empêcher! Et il est aussi illogique de s'en étonner que d'en vouloir représenter les effets comme étant en dehors de la nature humaine.

Il n'y aurait pas de justice sur terre, si des faits aussi monstrueux que ceux que nos pères reprochaient avec tant de raison à la royauté agonisante, avaient pu demeurer impunis.

« leurs plaisirs, à leur faste, à leurs débauches, par d'aussi exécrables attentats?

Maintenant, faut-il conclure de ce que *les Éleuthéromanes* n'ont été imprimés pour la première fois que le 30 fructidor an IV (1795), dans la *Décade philosophique*, et, pour la deuxième fois, par les soins de Rœderer, dans son *Journal d'économie politique*, le 20 brumaire an V (1796), qu'ils soient demeurés inconnus depuis 1772, époque à laquelle ils furent composés?

« Il ne me reste qu'un mot à dire, a écrit leur auteur dans l'*Argument* dont il fait précéder son œuvre, de la circonstance frivole qui a donné lieu à un pòème aussi grave. Trois années de suite, le sort me fit *roi* dans la même société... La troisième, j'abdiquai, et j'en dis mes raisons dans ce dithyrambe, qui pourra servir de modèle à un meilleur poète..... Pourquoi la poésie ne jouirait-elle pas, *à table, entre des convives*, d'un privilège, etc. »

Ainsi, *les Éleuthéromanes*, improvisés par Diderot en 1772, furent alors récités à une table d'amis : sans doute chez le baron d'Holbach, devant Grimm, Naigeon, Sedaine, Georges Leroy et les châtelains du Grandval? peut-être chez M. Legendre, devant Madame, en présence de M^lle Voland et d'autres personnes.

Ils ne furent pas imprimés à ce moment, et pour cause!... mais des copies en furent faites, qui circulèrent de main en main.

De ces copies, deux au moins, outre celle de la

*Décade*, qui appartint à M. Dubrunfaut, vinrent sous les yeux de Rœderer, par Naigeon peut-être, et servirent à donner au public une édition plus correcte que la première.

Voilà déjà trois textes parfaitement connus et absolument authentiques (1).

Peut-on affirmer que ces copies furent les seules? que jamais elles ne furent transcrites? enfin, qu'aucun de ceux qui en eurent communication n'apprirent ces vers pour les réciter, eux aussi, dans les sociétés qu'ils fréquentaient?

Ce serait absurde.

Surtout si l'on songe que le célèbre dystique qui caractérise le paroxysme des Furieux de la liberté était devenu classique pendant la Révolution et qu'on en retrouve l'esprit dans bien des harangues, la trace dans bien des écrits.

Personnellement, nous l'avons entendu pour la première fois de la bouche d'un des témoins de nos fastes révolutionnaires demeuré inébranlable dans son émancipation politique et religieuse malgré son grand âge, M. de Lorbehaye de Montataire, duquel nous tenons en outre un très intéressant *Éloge philosophique de Diderot* par M. de Salverte, son cousin, avec cette suscription autographe : « A Charles Lorbehaye, de la part de son ami Eusèbe. » — Paris, an IX.

(1) Nous empruntons ces détails à la réimpression des Œuvres de Diderot, si savamment dirigée par MM. Assézat et Maurice Tourneux; Garnier frères. Paris, 1875.

Il nous paraît donc évident que non seulement
le fils du coutelier de Langres n'a point hésité à
exprimer en termes brûlants ce que ressentait son
âme généreuse et fière au spectacle des maux qui
accablaient sa patrie ; et que non seulement il n'a
pas craint de communiquer à ses amis, — au risque d'une indiscrétion qui aurait pu lui valoir le
traitement de Leprevost de Beaumont, — les plus
secrets bouillonnements de son cœur : mais aussi
que *les Éleuthéromanes* ont circulé en manuscrit
et de bouche en bouche avant et après 1789, et
qu'ils ont, sans aucun doute, contribué à illumi-
ner la conscience et à encourager la révolte de
nos pères en 1792 et en 1793, sans qu'il y ait à
en faire remonter à leur illustre auteur autre
chose qu'une haute expression de reconnaissance
et d'estime.

Mais il va sans dire que ce n'est pas par cette
production seule, par cette bluette politique, que
Diderot et ses amis avaient attaqué l'ancien régime, *le pouvoir absolu des prêtres et des rois.* La
lutte contre ce double despotisme était devenue,
au contraire, le mot d'ordre de tous leurs efforts,
l'objectif de tous leurs travaux, et *les Éleuthéromanes* n'en avaient été que la note la plus aiguë.

M. Louis Blanc lui-même, si peu clairvoyant et
si injuste à l'égard de l'école encyclopédique, ne
peut s'empêcher de reconnaître ce fait essentiel
dans le premier volume de son *Histoire de la
Révolution :*

« *Le Système de la nature*, dit-il, publié en 1770 (par d'Holbach et Diderot, sous le pseudonyme de Mirabaud), signala avec un éclat sinistre cette nouvelle forme de la grande révolte du xviiie siècle..... Que voyons-nous, s'écriaient d'Holbach et ses collaborateurs, dans ces potentats qui *de droit divin* commandent aux nations? sinon des ambitieux que rien n'arrête, des cœurs parfaitement insensibles aux maux du genre humain; des âmes sans énergie et sans vertu qui négligent des devoirs évidents dont ils ne daignent pas même s'instruire; des hommes puissants qui se mettent insolemment au-dessus des règles de l'équité naturelle; des fourbes qui se jouent de la bonne foi? » Et ailleurs : « Parmi ces représentants de la divinité, à peine dans des milliers d'années s'en trouve-t-il un seul qui ait l'équité, la sensibilité, les talents et les vertus les plus ordinaires... (1) »

« L'impulsion était donnée. On respectait toujours Voltaire : on ne lui trouvait plus assez d'audace. « Si le prince dit au sujet mécréant qu'il « est indigne de vivre, n'est-il pas à craindre que « le sujet ne dise que le prince infidèle est indigne « de régner? (2) »

« Tel avait été le langage de Diderot dans l'*Encyclopédie*, et, ce qu'il avait émis sous forme d'interrogation, maintenant, lui et ses amis l'affir-

---

(1) *Système de la nature*, P. II, ch. viii.
(2) Art. *Intolérance*.

maient. Dans son *Histoire philosophique et politique des deux Indes,* Raynal s'écriait : « Peuples lâches ! imbécile troupeau ! vous vous contentez de gémir, quand vous devriez rugir ! » et il s'indignait de voir des millions d'hommes conduits par « une douzaine d'enfants appelés rois, qu'armaient de petits bâtons appelés sceptres. » *Le Système social,* par d'Holbach ; le *Despotisme oriental,* publié sous le nom de Boulanger ; l'*Homme,* par Helvétius, ne parlaient pas autrement. » (1)

Oui ! on était loin, avec de pareils hommes, de la demi-négation de Voltaire et de Rousseau, qui, jamais ne furent *leurs maîtres.* Avec eux, on avait affaire à des négateurs complets de l'ancien régime, du roi et de dieu : mais aussi, ne l'oublions pas, à des ingénieurs instruits, à des maîtres féconds qui voulaient réorganiser la société à la lumière des sciences, sur la table rase de la Révolution.

Leur influence fut donc justement et inévitablement prépondérante avant et après 89 ; c'est eux surtout, et non point seulement Voltaire ou Rousseau, qui ont soulevé et conduit, pendant les cinq immortelles années qui ont renouvelé de fond en comble la situation désespérée de la France, cet incomparable tiers état auquel est dû un aussi

______

(1) *Histoire de la Révolution française,* t. Ier, p. 463-65. Paris, 1847.

L'auteur aurait pu ajouter que la doctrine de la souveraineté nationale, déjà établie dans la partie politique de l'*Encyclopédie*, est soutenue et développée dans tous les écrits de d'Holbach.

merveilleux changement! Ils ont empêché que notre pays, dans la main de l'Église et de la royauté dégénérées, ne devint une autre Espagne! Et si leurs noms ne sont pas arrivés en tête de ligne à la postérité, on ne doit pas s'en prendre à leur mérite, mais à l'infirmité de nos littérateurs et de nos historiens qui se sont trouvés incapables de saisir l'ensemble de leur œuvre, de s'en assimiler les détails, d'en suivre l'influence sur les phases successives de la grande crise, comme d'en discerner les principaux artisans; égarant sans cesse les hommages d'un public incapable de se renseigner lui-même, sur des types secondaires, dont les écrits ou les actes étaient bien mieux à leur portée.

*Les Eleuthéromanes*, cette œuvre intrépide et si éminemment républicaine, ne restèrent donc pas enfouis, morts-nés, de 1772 à 1795 : le manuscrit en circula dans Paris; il se répandit dans les provinces : et partout sa vibrante influence, d'autant plus ardente qu'elle restait cachée, mystérieuse, put s'exercer sur la génération d'hommes qui firent la Révolution française : un Fabre d'Eglantine, un Legendre, un Thuriot, un Dubois de Crancé, un Boucher de Saint-Sauveur, un Chaumette, un Momoro, un Brune, un Paré, un Sentex, un Ruhl, un Lequinio, des Cordeliers, des Jacobins, des Représentants du peuple, des Municipaux, un Danton, surtout, qui de tous les grands révolutionnaires est celui qui peut le mieux se rattacher à Diderot : Danton, le lecteur acharné de l'*Encyclopédie* (1), et qui préférait certainement la philosophie du curé Meslier, son compatriote de fait, à la profession de foi du vicaire Savoyard ; Danton qui, au moment de monter à l'échafaud, à l'heure suprême, envoya tranquillement à ceux qui lui tinrent lieu de juges cette parole deux fois digne de son maître : « Ma demeure sera bientôt *dans le néant;* quant à mon nom, vous le trouverez au Panthéon de l'histoire. » (2)

Il pensait donc comme Diderot sur le lende-

(1) *Mémoire sur la vie privée de Danton*, par le D^r Robinet, 3^e édition. Paris, Charavay, 1884. — Pièces justificatives, n° 1, *Fragment historique*, par Alexandre Rousselin :

« Danton, à la suite d'une double partie de natation et d'escrime, fut encore atteint d'une grave maladie. Longtemps retenu au lit, alors que son corps était réduit à l'inaction, il ne pouvait se livrer à ses exercices habituels, mais son imagination ne restait point inactive. Avec son infatigable ardeur de lecture, il s'obstina à lire l'*Encyclopédie* tout entière, et il avait achevé ce labeur si considérable avant que la convalescence fut terminée. »

La pièce justificative n° 7, du même ouvrage (Inventaire chez Danton en 1793), confirme le fait qu'il possédait l'*Encyclopédie* dans sa bibliothèque.

(2) *Moniteur*, an II, 1794.

Suivant Lakanal (notes autographes inédites), à la demande de son nom, Danton aurait répondu au tribunal : « Il est assez connu dans la Révolution... Ma demeure sera bientôt *dans le néant* et mon nom vivra dans le Panthéon de l'histoire. »

Les Notes de Topino-Lebrun portent seulement : « Bientôt ma demeure *dans le néant;* quant à mon nom, vous le trouverez au Panthéon de l'histoire. »

Cette concordance suffit pour que le mot soit certain.

main de la mort, et, comme lui, jusqu'au dernier soupir, avait souci de la postérité.

C'est pourquoi il nous paraît surprenant que les chroniqueurs et historiens français qui ont écrit sur cette époque de notre vie nationale, aient laissé ce point aussi peu fouillé.

La vérité n'a pas échappé à tout le monde, cependant, ni chez nous, ni à l'étranger.

M. Pascal Duprat, dans le remarquable travail qu'il a publié sur les Encyclopédistes, fait ce premier rapprochement entre le fils du coutelier de Langres et le député d'Arcis :

Diderot répond à Voltaire, qui l'engage à fuir, à quitter la France pour échapper au péril que sa grande entreprise a appelé sur sa tête : « Que voulez-vous que je fasse de l'existence, si je ne puis la conserver qu'en renonçant à tout ce qui me la rend chère?... Nos entours sont si doux, et c'est une perte si difficile à réparer. » — « Diderot trouvait ainsi d'avance, — ajoute M. Pascal Duprat, — sous une autre forme, ce mot de Danton, qui n'est guère compris, dans sa sauvage éloquence, que par les proscrits : « Emporte-t-on la patrie à la semelle de ses souliers (1) ? »

D'autre part, dans le volume qu'il nous a donné sur le conventionnel, M. Lennox a reproduit le passage suivant, qu'il attribue à un anno-

---

(1) *Les Encyclopédistes, leurs travaux, leurs doctrines et leur influence;* 1 vol. in-18. Paris, Lacroix, 1866.

tateur allemand de son propre texte. Il nous paraît assez curieux pour être cité :

« Le Herr Lennox, dit le Herr Von Schreier, se contente d'indiquer, en courant, la ressemblance qui existe entre Danton et le plus grand philosophe que la France ait jamais eu, le colossal Diderot. Je ne suis qu'un Allemand, peu versé dans la biographie des écrivains illustres du xviiie siècle; cependant, à sa place, je n'aurais pas manqué d'établir soigneusement les rapports frappants qui existent entre ces deux génies si éminemment français.

« Ainsi, j'eusse fait remarquer au lecteur le parallélisme étonnant d'idées, d'impétuosité, d'ardeur dans la lutte entre ces deux immortels Champenois.

« Je les eusse montrés, à deux époques différentes : turbulents l'un et l'autre dans leur jeunesse, robustes de corps, passionnés pour les exercices violents, fortement enclins à l'amitié et indépendants de caractère jusqu'à l'indiscipline. J'aurais raconté comment tous deux quittèrent leur province pour venir à Paris, la tête bourrée de projets ambitieux et la bourse à peu près vide; l'un et l'autre débutant par faire leur droit et apprendre la procédure; épousant, l'un une demoiselle G. Charpentier qu'il connaît à peine, l'autre une Annette Champion qu'il ne connaissait pas du tout.

« J'eusse comparé l'*Encyclopédie* et les *Mélanges*

*philosophiques* de Diderot au 10 août et à la levée en masse de septembre 1792, de Danton ; j'aurais placé sur la même ligne le philosophe qui avait écrit ces vers prophétiques :

Et ses mains ourdiraient les entrailles du prêtre,
Au défaut d'un cordon pour étrangler les rois,

et le révolutionnaire qui, quelques années plus tard, devait faire pâlir tous les porte-couronne et les porte-mitre par cette fière parole : « Nous jetons à l'Europe, comme gant de bataille, la tête d'un roi ! »

« Je n'aurais pas oublié de faire ressortir l'originalité, la naïve bonhomie, la générosité de Diderot, sa prédilection pour la démocratie et sa haine vivace et profonde contre les rois et les autels de toutes dénominations, et j'aurais placé en regard la bonté du tribun, sa facilité à oublier l'injure, son ardent amour pour le peuple et son aversion innée pour les aristocrates laïques et cléricaux ; et, pour terminer, j'eusse cité cette apostrophe d'un des partisans du révolutionnaire, qui, vingt-cinq ans après sa mort, s'écriait : « O « grand homme ! tu l'as prévu : le Panthéon de l'his- « toire s'est agrandi pour te donner ta place (1). »

Mais c'est en France, heureusement, qu'un penseur des plus autorisés a pu fixer ce point d'histoire si intéressant :

(1) *Danton*, Sandoz et Fischbacher ; 1 vol. in-12. Paris, 1878.

« Naturellement organique, dit Auguste Comte, quoique nécessairement vague, faute d'une doctrine positive, l'école encyclopédique de Diderot avait fourni plus de membres éminents qu'aucune autre. Elle conserva ce privilège en produisant alors deux dignes types, l'un pratique, l'autre théorique : le grand Danton. (1), le seul homme d'État dont l'Occident doive s'honorer depuis Frédéric, et l'admirable Condorcet, l'unique philosophe qui poursuivit, dans la tempête, les méditations régénératrices (2) ».

Nous tenons ce jugement pour valable et définitif.

D'ailleurs, l'attitude que surent garder pendant la grande crise beaucoup de ceux qui se rattachaient à l'école encyclopédique, peut aussi montrer ce que fut l'influence de ses chefs sur la génération qui fit la Révolution et la ligne de conduite qu'ils y auraient eux-mêmes tenue, les services qu'ils n'auraient pas manqué d'y rendre, s'ils eussent vécu jusqu'à cette époque.

Sans invoquer ici l'exemple de conventionnels

(1) « C'est le dieu créateur et sauveur de la République... il était d'une fermeté et d'une énergie immuables. » — (Notes inédites du conventionnel Lakanal ; communication de MM. Charles Lefebvre et Édouard Mercier).

« Danton, comme membre de la Convention, fut admirable de courage et de ressources en 1792 et 1793 ; il avait fait le 10 août ; il n'avait pas voulu nominalement le pouvoir. » — Billaud-Varennes, *Nouvelle Minerve;* Paris, 1835.

(2) *Système de politique positive*, t. III (philosophie de l'histoire), p. 596. L'œuvre de Condorcet à laquelle il est fait ici allusion est le *Tableau des progrès de l'esprit humain.*

comme Roux-Fazillac, le biographe et l'admirateur de Georges Leroy ; comme Hérault de Séchelles et Fabre d'Églantine, les panégyristes de Buffon ; ou celui de M^me d'Angivilier, la patronne des Physiocrates, qui refusa d'émigrer ; et de J.-D. Garat, ministre en 1793 ; sans nous reporter, surtout, à l'illustre Condorcet, l'ami du grand Turgot et de Voltaire, qui tenait Diderot et Danton en si haute estime, nous indiquerons simplement la conduite de Naigeon, le collaborateur intime des chefs de l'École philosophique, si profondément imbu de leurs idées et de leurs aspirations.

Il peut à lui seul fournir la preuve de ce que nous cherchons à établir.

Naigeon montra, en effet, de 1789 à 1810, époque de sa mort, une fermeté patriotique et républicaine qui ne se démentit pas un seul instant. Il demeura fidèle à son émancipation politique et religieuse si connue. Il embrassa le parti de la Révolution avec ferveur, et lui resta attaché jusque dans les mauvais jours.

En 1790, il écrivit à l'Assemblée nationale une adresse des plus remarquables, tendant à obtenir *la laïcisation de la politique*, comme on dirait aujourd'hui, et l'entière liberté des opinions. Nous en reproduisons textuellement le titre, qui pourrait, à lui seul, en indiquer l'esprit : *Adresse à l'Assemblée nationale sur la liberté des opinions, sur celle de la presse, etc., ou examen philosophique de ces deux questions : 1° Doit-on parler de dieu, et en général*

*de religion, dans une déclaration des Droits de l'Homme?
2º La liberté des opinions, quel qu'en soit l'objet, celle
du culte, et la liberté de la presse, peuvent-elles être légitimement circonscrites et gênées de quelque manière
que ce soit par le législateur* (1) ?

L'auteur, cela va sans dire, répond négativement
à ces deux questions et fournit des raisons solides
à l'appui de sa manière de voir, malgré quelques
longueurs et des citations latines et grecques à
profusion.

Mais, ce qui n'est pas moins intéressant, c'est
la relation intime que l'on peut constater entre
son écrit et les ouvrages politiques de d'Holbach,
notamment la remarque commune sur la quali-
fication de « mangeurs d'hommes » affectée aux
rois par le divin Homère.

D'Holbach l'avait relevée en 1773, dans le
deuxième volume de son *Système social ;* Naigeon
la développa en 1790, dans son *Adresse à l'Assemblée nationale :*

« Homère donne aux rois, dit-il, une épithète
remarquable ; il les appelle mangeurs de peuples,
Δημοβορος Βασιλεὺς, *populi vorator rex.* Les choses
n'ont pas changé à cet égard depuis Homère : les
rois sont scrupuleusement restés ce qu'ils étaient
de son temps » (2).

(1) Brochure in-8º de 140 pages. Paris, Volland éditeur,
quai des Augustins 25, M. DCC. XC (1790).

(2) Ceci, assurément, pouvait s'appliquer aux trois derniers
rois de France, sous lesquels la cour dévorait littéralement

Puis, il cite, d'après Plutarque, la réponse que fit Caton le Censeur, à propos d'Eumènes, à un interlocuteur qui lui vantait la bonté de ce monarque : « Cela peut être, mais moi je sais qu'un roi est, de sa nature, un animal qui se nourrit de chair humaine, *Zôon, ô basileus, sarcophagon estin.* »

Ailleurs, à propos de cette formule : « par la grâce de Dieu », conservée dans le préambule de la constitution de 1791, Naigeon dit au roi, par allusion : « Nous ne voulons plus de toi pour notre chef ; tu prétends l'être par la grâce de Dieu, et tu comptes pour rien le consentement ou le refus de ton peuple : pour te donner des idées plus justes de ce que tu es et de ce que nous sommes ; pour t'éclairer sur nos droits, que tu ignores ou que tu refuses de reconnaître, nous reprenons à l'instant l'autorité que nous t'avions déléguée ; remets en nos mains ton sceptre et ta couronne, et dis ensuite à ce même Dieu de qui

---

la nation, et absorbait à elle seule les deux tiers du budget annuel.— Notons, en outre, que le Pacte de famine avait déterminé des disettes cruelles pendant les années 1740, 41, 52 68, 69, 75, 76, 78, 88 et 89. Dix famines venant dépeupler le royaume de France, y décimer et sécher les générations artificiellement, systématiquement, d'après des calculs préconçus, des spéculations préméditées, arrêtées en conseil, perpétrées par les plus hauts fonctionnaires de l'État, de par le roi et à son profit ; voilà, certes, les déportements les plus monstrueux qu'aient jamais pu enregistrer les annales du despotisme, quelque riches qu'elles soient, et que la France, ce pays auquel on doit sévèrement reprocher d'être à ce point *suî immemor*, n'aurait jamais dû oublier !

seul ton orgueil se flatte en vain de les avoir reçus, qu'il te les rende, et qu'il te replace sur ce même trône dont nous t'ordonnons de descendre (1). »

On voit avec quel *radicalisme* notre philosophe traitait dès lors l'institution monarchique et à quel point la république était entrée dans ses conceptions.

Du reste, il ne se méprenait pas sur la prééminence de la théorie sur la pratique, en politique, et fixait librement, dans la préface de son *Adresse à la Constituante*, le doit et l'avoir des deux puissances relativement à la Révolution : « C'est aux philosophes, ces hommes dont la raison mûrie par l'expérience et la méditation *a devancé, formé même celle de l'Assemblée nationale*, à seconder aujourd'hui les efforts de cette assemblée..... Réparer les maux sans nombre que la superstition a faits à l'espèce humaine ; rendre à la raison opprimée sous le sceptre doublement meurtrier des prêtres et des tyrans tous ses droits trop longtemps méconnus et violés, tels sont en partie les devoirs des représentants de la nation (2). »

Et plus loin :

« De ces réflexions, qu'il serait facile de fortifier par des raisonnements ultérieurs si une simple note pouvait offrir tous les développements que

(1) *Adresse à l'Assemblée nationale sur la liberté des opinions*, etc., Préface, p. 67.
(2) *Ibidem*, p. 8 et 9.

l'on doit trouver dans un traité, on peut inférer, ce me semble, que les députés, connaissant mieux toute l'étendue du pouvoir de la nation qu'ils représentent, n'auraient attribué au roi ni le *veto* suspensif, ni le droit d'accorder ou de refuser sa sanction à leurs décrets. Le grand principe de son incompétence à cet égard une fois consacré dans la constitution, aurait épargné à l'Assemblée un temps précieux, beaucoup de sophismes et de longs débats, d'autant moins dignes de législateurs philosophes, qu'une des erreurs les plus graves qu'on puisse avancer en politique en a été le résultat.

« J'ai suivi avec toute l'attention dont je suis capable les travaux de l'Assemblée nationale ; les différentes motions, leur tendance, leurs rapports, les discussions, les débats mêmes qu'elles ont excités, les décrets qui en ont été les résultats ; tous ces objets si graves, si importants pour tous ceux en qui le désir du bien public est la passion la plus forte et la plus impérieuse, ont été sans cesse présents à mon esprit, et personne peut-être ne s'en est occupé avec un intérêt plus vif et plus constant. Je crois donc pouvoir dire sans blesser la vérité, qu'aucune considération particulière ne me déterminera jamais à altérer ou à taire, qu'il y a dans l'Assemblée nationale deux sectes très distinctes et diamétralement opposées de vues, de principes et d'intérêts : *l'une est celle des patriotes,* composée en grande partie de ces hommes que la

noblesse dédaigneuse ose encore appeler par mépris, le tiers, et qui sont au fond *les vrais représentants de la nation;* et l'on peut justement appliquer à l'autre ce que Tacite dit des Romains, qui,
sous le règne d'Othon, ressemblaient aux esclaves
d'une maison où chacun n'est occupé que de son
intérêt particulier, sans se soucier du bien public...

« C'est à ces derniers qu'il faut presque toujours attribuer les fautes et les erreurs que l'on
reproche avec raison à l'Assemblée nationale et
dont la plupart même ne peuvent plus se réparer;
tandis que d'un autre côté tous les principes de
liberté religieuse, civile et politique consacrés
par la constitution; tout ce qu'on a dit ou écrit
d'éloquent, de judicieux et de profond; tout ce
qu'on a conçu de grand; en un mot tout ce qui
s'est fait d'utile dans l'Assemblée, est presque
entièrement l'ouvrage de ces mêmes députés que
cette partie des prêtres et des nobles attachés
fortement à leurs prétendus privilèges, appellent
par dénigrement *le coin du Palais-Royal,* et qu'ils
ont l'injustice et l'insolence de désigner par l'épithète *d'enragés.*

« Il serait très facile de prouver que c'est de
cette portion de l'Assemblée, réunie à plusieurs
membres de la noblesse et du clergé, également
recommandables par leur amour pour la liberté
et par leur zèle constant pour le bonheur du
peuple, que sont parties toutes les lumières; sans

eux, l'Assemblée incertaine, agitée, sans vues, sans idées, sans principes, n'aurait combattu que pour le choix des préjugés et des erreurs. C'est la tendance continuelle et opiniâtre de toutes ces volontés si prononcées, de toutes ces forces particulières, vers le bien public, *jointe à la double représentation accordée au peuple dans l'Assemblée nationale,* QUI A SAUVÉ LA FRANCE, *de même que c'est la garde nationale établie aujourd'hui dans toutes les provinces de l'empire, qui peut seule le garantir de l'oppression et des entreprises du despotisme.* »

Voilà ce qu'écrivait, en 1790, l'interprète autorisé de Diderot et de d'Holbach.

On peut différer avec lui d'opinion, mais ce qu'on ne saurait nier, c'est que, en pratique comme en théorie, il ne soit resté inébranlable dans la ligne politique de l'*Encyclopédie*, et de venu énergiquement révolutionnaire.

Ainsi, chose importante, inattendue, mais parfaitement logique cependant, Naigeon se rallia, en politique, après 1789, à ce foyer du Palais-Royal où dominaient Camille Desmoulins, Linguet, Danton, Marat, Saint-Hurugue, Fabre d'Eglantine, etc., et où venaient se retremper les députés de l'Assemblée constituante siégeant à l'extrême gauche, les soi-disant « *enragés* » (1).

(1) Parmi ceux-ci on peut citer Muguet de Nauthon, Dubois de Crancé, Goupilleau de Montagu, Anthoine de Sarreguemines, plus souvent appelé Anthoine de Metz, Prieur de la Marne, Grégoire et tant d'autres ; Michelet va même jusqu'à

Aussi, bien des contemporains de Naigeon, lequel écrivait en 1790 comme si on eût été en 1793, ne se firent pas faute de le combattre ; entre autres cet abbé Morellet, l'auteur du *Manuel des Inquisiteurs ;* cependant, le traducteur de Beccaria, et qui avait été de l'*Encyclopédie* ( pour les matières théologiques, il est vrai), mais dont l'ardeur rénovatrice, depuis la perte de son prieuré de Thimers, allait en diminuant à mesure que la Révolution grandissait. En 1791, il publiait donc sous ce titre plaisant : *Préservatif contre un écrit intitulé : Adresse à l'Assemblée nationale*, etc., un pamphlet pour réfuter son ancien coreligionnaire philosophique.

Maintenant, est-ce que Naigeon prit assez de part à la vie publique pour être choisi, en 1793, comme l'un des commissaires chargés d'accompagner à Marseille les Bourbons proscrits par la Conven-

supposer des rapports de Mirabeau, Duport, Target et Lameth avec les agitateurs du café de Foy : « C'est là, dit-il, que, le 12 juillet, Desmoulins cria : Aux armes ! c'est là que, la nuit du 13 au 14, se firent les jugements de Flesselles et de Delaunay, ceux du comte d'Artois, des Condé, des Polignac, etc.»

La *Revue occidentale* du 1er septembre 1880 contient un très curieux article intitulé : *Les avant-coureurs de la Révolution*, où se trouve rapporté le texte de ces jugements et de ceux du prince de Lambesc, du duc du Châtelet, de d'Aligre, Sartine et Lenoir, des de Crosne, etc., ainsi que l'approbation des exécutions sommaires de Foulon, Berthier, Delaunay, Flesselles, « et autres scélérats ou traîtres de leur espèce. »

Ces considérations achèvent de mettre hors de doute le rattachement politique de Danton avec les Encyclopédistes.

tion nationale et d'abord internés dans les forts de cette ville, ainsi que cela semblerait résulter d'un passage du *Moniteur* (1)? Nous ne saurions l'affirmer; et nous laissons la solution de cette question de détail à de plus érudits.

Quoi qu'il en soit, on ne lira pas non plus sans intérêt quelques lignes écrites par le même auteur au déclin du mouvement révolutionnaire, en 1796 (an IV), en tête de la deuxième édition de l'un des

(1) *Gazette nationale, ou le Moniteur universel*, n° 147, 27 mai 1793. — Nouvelles politiques.

« Voici quelques détails curieux sur le voyage des Bourbons à Marseille :

« Les commissaires nommés pour la conduite des Bourbons étaient Cayeux, Laugier et *Naigeon*. Chaque voiture était garnie d'un Bourbon, d'un commissaire et d'un gendarme. Madame Bourbon gardait le silence, Conti frissonnait, Égalité (le duc d'Orléans) sifflait.

« Vers Orgon, à quatre lieues d'Avignon, des coups de fusil furent tirés sur la voiture.

« Madame Bourbon n'a pas adressé la parole à son frère dans toute la route.

« Égalité dînait avec ses fils. Aux trois quarts du chemin, il fallut que tout le monde dînât ensemble. Un commissaire observa qu'Égalité disséquait la poularde, se servait, et n'abandonnait qu'un squelette à l'appétit des autres voyageurs. Ce commissaire commanda deux poulardes; et quand Orléans eut fait le partage du lion, il lui dit, en refusant le plat qu'il rendait : « Croyez-vous que madame votre sœur et « moi soyons faits pour manger vos restes? — Qu'on apporte « une autre poularde. » Ici Égalité siffla.

« Madame Bourbon apprit par hasard qu'un des commissaires était gendre du citoyen Laugion (Laujon?), homme de lettres estimé par son talent aimable et la douceur de ses mœurs. Cette découverte la tranquillisa sur-le-champ.

« Égalité avait beaucoup d'assignats sur lui. »

ouvrages de d'Holbach les plus prononcés contre l'élément spirituel de l'ancien régime : *La Contagion sacrée.*

« Qui croirait (écrit Naigeon sous le nom de l'éditeur Lemaire) que malgré la révolution qui vient d'étonner le monde, il soit nécessaire d'aller fouiller encore dans les archives de la sagesse pour en tirer des contre-poisons capables d'arrêter les progrès du mal que cherche à opérer le fanatisme religieux ?

«Nous sommes cependant venus au point où, plus que jamais, il est nécessaire de fournir à la philosophie calomniée, abreuvée d'outrages, des armes puissantes contre les fauteurs de la superstition.

« L'ouvrage que nous réimprimons, devenu très rare parce que le despotisme, dans le temps de sa toute-puissance, en avait arrêté le cours, nous a paru propre à réveiller dans tous les cœurs la haine contre les tyrans sacrés, et à prémunir les esprits contre les efforts redoublés de leur astuce et de leur hypocrisie. L'Europe entière a tremblé devant la valeur de nos guerriers ; la France, agrandie par ses victoires, excite l'admiration chez tous les peuples ; mais à peine a-t-elle déposé la foudre avec laquelle elle a frappé les rois conjurés contre son indépendance, que le fanatisme..... se réveille..... et cherche à rallumer, au nom du ciel, les torches de la discorde et de la guerre..... et cependant l'olivier de la paix commençait à ombrager nos nombreux trophées !

« C'est donc cet infernal ennemi du genre humain qu'il faut attaquer avec audace ; c'est lui qu'il faut accabler, anéantir, si l'on veut empêcher les funestes effets de sa rage.

« Nous croyons que les amis de la liberté nous sauront bon gré d'avoir en quelque sorte ressuscité les maximes de sagesse répandues dans ce livre sublime, écrit avec autant de force que de raison.....

« ..... Poursuivis, vaincus, mais non pas accablés, les noirs suppôts de la royauté, dont l'unique ambition, dont tous les vœux atroces tendent à ramener les Français au plus stupide esclavage, ont senti qu'il ne leur restait plus qu'un moyen pour parvenir au rétablissement du trône. N'ayant pu les dompter par la force, en armant contre eux des légions étrangères, ils osent se liguer encore et prétendent aujourd'hui les soumettre à la voix du sacerdoce. Ainsi donc, après avoir saintement fait égorger, au nom de leur dieu et de leur roi, plus de 400,000 victimes dans l'épouvantable guerre de la Vendée, de peur de laisser s'endormir aujourd'hui la vengeance, et pour entretenir et prolonger ces longs déchirements, ils soudoyent des assassins et des traîtres, favorisent des prédicants qui s'emparent de la multitude ignorante, l'égarent et l'abrutissent en l'entraînant par l'exemple de la rébellion, en la captivant par la séduction, en l'irritant par des calomnies et des déclamations furibondes.

« Déjà les peuples, longtemps pressurés par un clergé vorace et dissolu, oubliant les fureurs des inquisitions, les tortures, les bûchers, les ravages, les persécutions qui les désolèrent pendant tant de siècles, ne voyant plus que des victimes dans les anciens apôtres du mensonge que la Révolution a culbutés, les rappellent avec intérêt, applaudissent à leurs frauduleuses jongleries, s'agenouillent devant leurs fétiches et sont prêts à quitter l'étendard de la liberté pour se ranger sous la bannière de la servitude (1).

« Oui, bientôt, si le tonnerre de la vérité ne se fait entendre, l'esprit de vertige s'emparera de toutes les têtes, et, d'hommes libres que nous étions, nous deviendrons de malheureux ilotes humblement courbés sous un sceptre de fer, ou

(1) De son côté et dans le même temps un autre ami des Encyclopédistes et des Dantonistes, Sylvain Maréchal, écrivait :

« Magistrats ! surveillez les prêtres ; soyez sur leurs talons ; attachez-vous à leurs pas ; éventez la piste sacerdotale et redressez la gent ecclésiastique au moindre écart. C'est surtout à leur égard qu'il faut que la peine suive de près le délit. Le *fiat lux* de la Bible appliqué aux ténébreuses menées des prêtres, serait déjà contre eux une terrible sentence. » — *Pensées libres sur les prêtres*, l'an Ier de la Raison et VI de la République française, p. 14, § VIII.

Naigeon avait parfaitement observé, du reste, le phénomène de la réaction, qui s'accéléra après le 9 thermidor an II (1794), et qui avait commencé à la mort de Danton ; rétrogradation sans exemple, dont la nation qui venait de faire la Révolution française est absolument responsable.

(Note de l'éditeur des *Eleuthéromanes*.)

de tristes idiots vautrés aux pieds du souverain pontife osant se dire encore le *Vice-Dieu* sur la terre. »

C'est exactement ce qui advint : à la Convention nationale et au Directoire succédèrent Bonaparte et bientôt Charles X...

Au moment où Naigeon écrivait ces lignes clairvoyantes et fermes, la contre-révolution, exaltée par les élections royalistes de l'an V, fomentait déjà ouvertement, au sein de la République, le relèvement du trône et de l'autel ; de Maistre publiait ses *Considérations sur la France;* Camille Jordan, au nom de la liberté des cultes et même des cloches, réclamait hautement la restauration du catholicisme; La Harpe, transfuge de l'hébertisme, brûlait avec cynisme ce qu'il venait d'adorer et redemandait à cor et à cris ce qu'il avait brûlé.

Naigeon luttait à outrance contre ce recul menaçant. Il ne s'abusait par aucune théorie sur l'infaillibilité démocratique ; il ne s'abaissait à aucune défaillance, et voyait nettement où était le danger : dans l'ignorance des masses, dans la crédulité et la propension du peuple pour l'ancien culte, dans son manque de convictions républicaines et d'émancipation théologique. L'ami de Diderot combattait corps à corps, pied à pied, le rhéteur à bonnet rouge et à carmagnole devenu ermite.

Cette résistance désespérée inspira même à un

juste-milieu pressé de repos, M. J. Chénier, les couplets que voici :

> Or, connaissez-vous en France
> Certain couple sauvageon,
> Prisant peu la tolérance,
> Messieurs La Harpe et Naigeon?
>
> Entre eux il s'élève un schisme :
> L'un étant grave docteur,
> Ferré sur le catéchisme;
> L'autre, athée inquisiteur.
>
> Tous deux braillent comme pies;
> Déistes ne sont leurs saints :
> La Harpe les nomme impies,
> Naigeon les dit capucins.
>
> Leur éloquence modeste
> Amollit les cœurs de fer;
> La Harpe a le feu céleste,
> Et Naigeon le feu d'enfer.
>
> Partout ces deux Prométhées
> Vont formant mortels nouveaux :
> La Harpe fait les athées,
> Et Naigeon fait les dévots.

Beaucoup de ceux qui avaient sucé le lait de l'*Encyclopédie*, de ceux qui, surtout, avaient, comme Naigeon, subi le contact personnel de ses fondateurs, en reçurent donc un élan, une tradition de progrès qui les engagea et les retint inébranlablement dans la ligne révolutionnaire la plus ferme et la plus complète.

## II

Quoi qu'il en soit, c'est en 1772, dans les dernières années de Louis XV, au plus aigu de la décrépitude de l'antique et souvent glorieuse monarchie française, que Diderot, invité à célébrer la *Fête des Rois*, reçoit du sort la fève légendaire qui le met en devoir, ne fût-ce que pour une heure, de ceindre la couronne. — Il refuse ! et recourt au dithyrambe pour motiver son abdication : la toute-puissance l'effraye, il redoute le vertige de la souveraineté, il préfère le manteau du Sage à la pourpre des Rois.

Le souvenir sanglant et terrible des mauvais princes se dresse devant lui comme un autre Banco ; il s'élève contre les oppresseurs du monde et prophétise la révolte aux poings ensanglantés (la prise de la Bastille, le 20 juin, le 10 août) :

« La voilà ! la voilà ! c'est son regard farouche ;
    « C'est elle ; et du fer menaçant,
    « Son souffle, exhalé par ma bouche,
« Va dans ton cœur porter le froid glaçant.

« Éveille-toi, tu dors au sein de la tempête;
     « Éveille-toi, lève la tête;
« Écoute, et tu sauras qu'en ton moindre sujet,
     « Ni la garde qui t'environne,
« Ni l'hommage imposant qu'on rend à ta personne
« N'ont pu de s'affranchir étouffer le projet.

Mais nous voici en 93 :

     « C'est alors qu'un trône vacille;
     « Qu'effrayé, tremblant, éperdu,
« D'un peuple furieux le despote imbécile
« Connaît la vanité du pacte prétendu.

Oui ! quatre-vingt-treize est tout entier dans ces strophes émues : la soif du juste, l'horreur de l'arbitraire, du bon plaisir, des abus, l'exécration de la tyrannie....

L'histoire de ce temps a écrit en caractères de sang les faits sur lesquels s'appuyait l'indignation de nos pères, l'indomptable haine qu'ils avaient vouée aux « cruels artisans de la longue misère dont tous les siècles ont gémi ! »

Ne leur demandons pas de distinguer entre les époques du passé de l'Humanité, non plus qu'entre les bons et les méchants, parmi ceux qui l'ont conduite, ni entre la maturité bienfaisante des grandes institutions sociales et leur décadence oppressive, corrompue, désordonnée! L'analyse impartiale est ici trop lente et trop ardue, — d'ailleurs elle manquait de guide, la loi de notre évolution n'étant pas trouvée, — et ce n'est point de juger et de rémunérer les représentants des âges écoulés qu'il s'agit pour eux, mais de s'affranchir, de se venger; l'ennemi est là, implacable, exterminateur : le minotaure catholique et féodal, qui arrête la marche de la société et qui dévore la substance des peuples; sus au monstre !...

Cependant la colère et la haine, la rigueur du justicier, ne pouvaient convenir toujours à l'âme tendre et généreuse de Diderot. D'ailleurs, il ne renversait que pour reconstruire, il ne détruisait que pour remplacer (1). Donc, après avoir, en pensée, et devançant la justice du siècle, écrasé l'ancien régime, foudroyé le trône et l'autel, sa nature bienveillante et son esprit organisateur reprennent leurs droits :

« Assez et trop longtemps une race insensée
« De ses forfaits sans nombre a noirci ma pensée.
        « Objets de haine et de mépris,
« Tyrans, éloignez-vous. Approchez jeux et ris.

. . . . . . . . . . . . . . . . . . . . .

        « Vite, qu'on m'apporte une lyre.

. . . . . . . . . . . . . . . . . . . . .

        « Le sceptre des rois sous le pied,
        « Je veux chanter un autre empire :

---

(1) Cette tendance fondamentale était aussi celle de Danton. Elle fut, chez lui, assez remarquable pour qu'une publication de peu d'importance cependant, *la Biographie de tous les ministres* (Paris, 1825), l'y ait réellement signalée : « Danton paraissait avoir la conviction de ce principe politique *qu'il n'y a de vraiment détruit que ce qui est remplacé*, et il faisait consister toute la révolution dans ce système. »

Ce monde nouveau, c'est la France régénérée, c'est l'Europe, c'est l'univers, où régneraient la bonté, l'amour, la science et les arts, la vertu stoïque, la morale humaine, la religion de la postérité.

# III

La réimpression des *Eleuthéromanes* a donc
encore un autre but que celui que nous avons
d'abord indiqué, et non pas le moindre : c'est de
montrer que si Diderot fut un négateur complet,
il fut aussi constructeur et voulut remplacer l'ancien régime par un état social nouveau, d'une
mentalité, d'une moralité et d'une activité plus
élevées (1).

Au début de sa carrière, en 1748, il avait
annoncé cette substitution de la science à la théologie et à la métaphysique, sous forme d'allé-
gorie, dans un livre indigne de lui certainement,
mais où l'on retrouve cependant les traits carac-
téristiques de sa puissante nature.

Au chapitre XXIX de cette fantaisie regrettable,

(1) Voy. Auguste Comte, *Système de Philosophie positive*,
t. V et VI, et *Système de Politique positive*, passim. — *Revue
occidentale :* Diderot et son siècle (leçons de M. Pierre Laffitte rédigées par M. P. Foucart). — En cours de publication.

que l'auteur intitule : *Le meilleur peut-être et le moins lu de cette histoire*, après avoir décrit le temple de la fausse philosophie : un édifice suspendu comme par enchantement, vaste, quoique sans fondations et ne reposant sur rien ; pourvu d'une tribune ayant pour dais une immense toile d'araignée ; posée sur la pointe d'une aiguille et s'y tenant en équilibre ; occupée par un vieillard qui trempait dans une coupe remplie d'un fluide subtil un chalumeau qu'il portait à sa bouche et au moyen duquel il soufflait à une foule de spectateurs des bulles que ceux-ci s'efforçaient de porter jusqu'aux nues, Diderot proclame ainsi l'avènement de la science venant remplacer l'ontologie : « J'entrevis dans l'éloignement un enfant qui marchait vers nous à pas lents, mais assurés. Il avait la tête petite, le corps menu, les bras faibles et les jambes courtes ; mais tous ses membres grossissaient et s'allongeaient à mesure qu'il s'avançait. Dans le progrès de ses accroissements successifs, il m'apparut sous cent formes diverses. Je le vis diriger vers le ciel un long télescope, estimer à l'aide d'un pendule la chute des corps, constater avec un tube rempli de mercure la pesanteur de l'air, et le prisme à la main décomposer la lumière. C'était alors un énorme colosse ; sa tête touchait aux cieux, ses pieds se perdaient dans l'abîme, et ses bras s'étendaient de l'un à l'autre pôle. Il secouait de la main droite un flambeau dont la lumière se répandait au loin dans les airs, éclai-

rait au fond des eaux, et pénétrait dans les entrailles de la terre. — Quelle est, demandai-je à
Platon, cette figure gigantesque qui vient à nous ?
— Reconnaissez l'expérience, me répondit-il ; c'est
elle-même. — A peine m'eut-il fait cette courte
réponse, que je vis l'expérience approcher, et les
colonnes du portique des hypothèses chanceler,
ses voûtes s'affaisser, et son pavé s'entr'ouvrir
sous nos pieds. — Fuyons, me dit encore Platon,
fuyons : cet édifice n'a plus qu'un moment à durer.
— A ces mots il part, je le suis. Le colosse arrive,
frappe le portique, il s'écroule avec un bruit
effroyable, etc. »

*Les Eleuthéromanes*, dans leurs strophes fina-
les, confirment assurément cette irrévocable tendance.

Mais ce n'est pas d'après ces quelques rimes
seulement, ou dans les pages que nous venons de
citer, tant décisives qu'elles soient, que Diderot a
consacré cette révolution de l'esprit humain ; c'est
dans celles de ses œuvres que l'on peut appeler
organiques : Ses *Pensées sur l'interprétation de la
Nature*, ses *Lettres sur les sourds et muets et sur les
aveugles*, ses *Recherches sur le beau*, certains articles de l'*Encyclopédie*, ses travaux spéciaux de mathématique, de physique, de chimie et surtout de
physiologie, ses notes et lettres à M$^{lle}$ Voland, à
Falconet, à Catherine II, qui mettent hors de
doute le caractère positif, rigoureusement scientifique et finalement dégagé de négativisme de

son génie, et qui placent ses meilleures productions parmi celles qui auront été indispensables au développement mental de notre espèce, au progrès définitif de l'esprit humain.

Déjà, pour l'*Encyclopédie*, qui ne peut cependant être considérée, en aucune façon, comme une tentative sérieuse de synthèse proprement dite, vu les éléments hétérogènes et même imcompatibles dont elle se compose, le point de vue organique tend à y prévaloir d'une manière appréciable sur l'esprit purement critique.

En effet, l'instinct clairvoyant de Diderot trouva dans cette entreprise un expédient précieux pour imposer un ralliement provisoire aux efforts les plus divergents des savants, des publicistes et des philosophes, sans exiger le sacrifice d'aucune indépendance individuelle et de manière à procurer cependant à l'ensemble de ces spéculations incohérentes, — où la théologie, par exemple, est encore exposée pêle-mêle avec les sciences, qui en sont la négation formelle, — l'apparence d'un système philosophique.

De plus, la durée considérable de ce travail se trouvait pleinement suffisante pour consommer toutes les élaborations de quelque importance, sous le couvert d'une telle compilation.

Il est donc aisé de comprendre quel service Diderot rendit à la rénovation moderne par l'institution de cette vaste entreprise, sans laquelle les profondes dissidences mentales existant entre les diverses philosophies de son siècle, envenimées par d'envieuses rivalités, eussent compromis leur succès final, comme elles avaient jadis tant discrédité le protestantisme (1).

Mais, comme nous l'avons déjà indiqué, c'est par les travaux originaux qu'il effectua en dehors du labeur déjà si énorme de l'*Encyclopédie*, en mathématique, en physique, en chimie, en biologie, en politique et en morale, et par les conceptions maîtresses et les théories définitives qu'il produisit sur la méthode en général et sur la nature intellectuelle et affective de l'homme, qu'il caractérisa la tendance positive que nous lui attribuons.

« Ainsi s'annonçait déjà la tendance normale de la philosophie à dominer la science en la prenant pour base, quand chacune d'elles se trouverait assez régénérée, d'après l'universelle substitution du relatif à l'absolu.

« Cette transformation radicale de l'entendement humain fit alors un pas direct par le concours spontané de deux dissertations capitales, d'abord celle de Hume contre la causalité, puis celle de Diderot sur les deux cas principaux des intelligences privées d'un sens. Le traité de Kant se borna réellement à résumer tardivement le résultat systématique de cette double élaboration, en instituant les formules les plus propres à caractériser le dualisme fondamental entre le specta-

(1) Voy. Auguste Comte, *Cours de philosophie positive*, t. V et VI.

teur et le spectacle (le sujet et l'objet), entrevu par Hume et saisi par Diderot (1). »

Comte fait allusion, ici, en ce qui concerne ce dernier, à la *Lettre sur les aveugles, à l'usage de ceux qui voient*, complétée par la *Lettre sur les sourds et muets, à l'usage de ceux qui entendent et qui parlent* (1744-1751).

L'auteur y recherche, du point de vue scientifique le plus rigoureux, ce que devient notre intelligence lorsqu'elle est privée du secours des sens, notamment des deux principaux : la vue et l'ouïe. Il aborde ainsi et traite d'une façon magistrale, en démontrant la subordination étroite de l'esprit aux sensations, ou de notre entendement et de nos idées au monde extérieur, une des questions de physiologie cérébrale, — d'autres disent psychologie, — les plus difficiles et les plus délicates. Il suffit de l'indiquer pour en faire comprendre l'importance relativement à la théorie positive de l'intellect.

Mais Diderot ne se montra pas inférieur dans ses *Pensées sur l'interprétation de la nature*, où il aborda les plus hautes considérations relatives à la méthode, ce que Bacon et Comte appellent *la philosophie première*, et d'autres encore, croyant innover, *les premiers principes*.

Il y soulève, notamment, la fameuse question de la réglementation des recherches scientifiques,

______

(1) Comte, *Système de politique positive*, t. III, ch. VII, p. 588.

ou de leur discipline, d'après la considération de leur utilité (1).

Ce serait donc manquer à un devoir strict que d'omettre ici l'expression de l'estime et de l'admiration qu'impose le constant et complet dévouement social que Diderot apporta dans l'accomplissement de sa fonction philosophique et qui égala toujours, s'il ne la dépassa souvent, l'ardeur de son génie. On ne doit pas oublier que c'est au milieu des obstacles et des périls les plus grands qu'il sut remplir sa tâche, au risque permanent de sa fortune et de sa liberté. Sa lettre à Voltaire pour lui annoncer son inébranlable détermination de ne point renoncer à la publication de l'*Encyclopédie* et de ne pas quitter la France pour se soustraire au danger, restera comme un modèle d'intrépidité théorique. C'est ce concours des plus hautes qualités d'esprit et de cœur qui lui confère le premier rang dans le groupe des philosophes.

De même, les principales productions d'hommes tels que d'Holbach, Quesnay, Turgot, Georges Leroy, Condorcet : l'*Ethocratie*, le *Système social*, la *Morale universelle*, le *Tableau économique*, les *Réflexions sur la formation et la distribution des richesses*, le *Discours sur les progrès successifs de l'esprit humain*, les *Lettres sur les animaux*, l'*Esquisse d'un tableau histori-*

(1) Voy. la *Revue occidentale*, nᵒ du 1ᵉʳ mars 1884, p. 193 : *le Centenaire de Diderot*, par M. Pierre Laffitte.

*qué des progrès de l'esprit humain*, seront éternel-
lement étudiées avec profit, parce qu'au lieu d'être
limitées à la critique de l'ancien régime, elles
constatent des faits et des rapports réels, et re-
cherchent les principes positifs nécessaires à la
réorganisation du nouvel ordre social.

D'Holbach surtout, quoique moins doué à certains égards, doit être signalé à la reconnaissance
de la postérité.

Riche, instruit, voué par vocation naturelle
aux sciences et à la philosophie, dévoré de la
passion du bien public et servi par une indomptable énergie, il fut pour Diderot, qu'il égala au
point de vue politique, le soutien le plus ferme et
le plus dévoué, et se présente à nous comme l'a-
pôtre le plus opiniâtre de la régénération sociale.

Divulgation infatigable des sciences cosmologiques; propagation audacieuse de la critique la
plus hardie et la plus complète en religion et en
politique; élaboration directe et originale de la
science morale, surtout sous les rapports pu-
blics; protection généreuse aux hommes de
lettres, aux savants et aux artistes : telle est l'œuvre du baron d'Holbach, dont la maison hospi-
talière fut un foyer ardent où vinrent s'échauffer
les plus grands esprits.

La collaboration habituelle de Diderot à ses
principaux ouvrages, surtout à ce *Système de la
nature* qu'il enrichit de ses vues pénétrantes et

qu'il anima de ses chaleureuses aspirations, fournit un exemple de la plus intime fraternité littéraire qui ait jamais peut-être existé.

Dans tous ces glorieux travaux, on retrouve le caractère organique, constructeur, propre à l'œuvre des Encyclopédistes, et il faut qu'il y soit bien évident pour que Grimm lui-même l'y ait explicitement reconnu et signalé dans sa Correspondance, en août 1789 :

« *Son système social* et sa *Morale universelle*, dit-il en parlant de d'Holbach, firent beaucoup moins de sensation que le *Système de la nature;* mais ces deux ouvrages démontrent également qu'après avoir voulu renverser l'antique barrière que la faiblesse humaine avait cru devoir opposer jusqu'alors aux vices et aux passions qui la déshonorent, l'auteur n'en sentait que plus vivement la nécessité d'en élever de nouvelles; c'est dans les progrès d'une raison éclairée par une bonne éducation et par de bonnes lois, qu'il se flatte de trouver toutes les ressources qui peuvent affermir l'empire de la vertu, et, grâce à son heureuse influence, nous procurer tout le repos et tout le bien-être dont notre naturel est susceptible. »

Eux immoraux! eux sans vertu! mais toute leur vie s'est usée à cette tâche suprême d'instituer la morale sur des bases naturelles, scientifiques, démontrables, à l'affranchir de la chaîne du surnaturel, afin de pouvoir solidement, réelle-

ment lui subordonner la politique et la vie privée !
En même temps, comprenant la vertu, selon la
définition de Duclos, comme « un effort sur
soi-même en faveur des autres », ils donnaient
individuellement l'exemple du courage civique, de
l'abnégation personnelle et du dévouement social.

C'est ainsi surtout que ces hommes illustres
purent exercer une influence aussi profonde et
aussi étendue sur la génération qui fit la Révolution française.

On sait que la plupart d'entre eux, pénétrés de la
nécessité prochaine et inévitable de cette grande
crise sociale, et exactement instruits des difficultés
immenses qu'une pareille réforme ne pouvait
manquer de comporter, vu la complication d'un
organisme comme la France, vu l'opposition des
intérêts et des passions qui s'y trouvaient en jeu,
et surtout d'après l'inégalité des lumières, aspi-
raient à faire progressivement les améliorations
indispensables, par l'Etat régénéré, agissant d'après
leurs idées et sous leur inspiration, par la royauté
transformée, éclairée par l'évidence des choses
et guidée par leurs théories.

Le grand Turgot y avait mis la main pendant
son trop court ministère ; mais, bientôt abandonné
par Louis XVI, il avait dû succomber sous le poids
des résistances rétrogrades de tout ordre.

D'Holbach reprit plus tard la même tentative,
en 1776, dans l'*Ethocratie* (le gouvernement fondé
sur la morale), non point comme ministre ou

fonctionnaire d'Etat, mais comme libre conseiller, et avec le même insuccès.

De leur côté, Quesnay et Georges Leroy y avaient tendu sans plus de résultat.

La Révolution, par la seule faute de la royauté, ne put donc se faire par en haut, systématiquement, comme le voulaient les Encyclopédistes et les Physiocrates, elle s'opéra violemment, au milieu des plus terribles orages, et ce fut encore un disciple des philosophes qui, en 1792 et 1793, sauva la France en péril.

Il n'y avait, en effet, qu'un homme d'Etat instruit à l'école de l'histoire, de l'économie politique, de la haute administration, de la diplomatie, de la politique proprement dite et des sciences naturelles (sans parler de ses connaissances en jurisprudence, en économie rurale, etc.), ou préparé à la manière des Encyclopédistes, comme l'était Danton (1), et non pas un

---

(1) Voir à l'appui : Condorcet, *Œuvres*, t. Ier, p. 602, 603 :

« D'ailleurs Danton a cette qualité si précieuse que n'ont jamais les hommes ordinaires : il ne hait ou ne craint ni les lumières, ni les talents, ni la vertu. »

Consulter aussi : *La Révolution française* (1789-1815), par M. Pierre Laffitte, Paris, 1880 ; et le *Mémoire sur la vie privée de Danton*, par le docteur Robinet, *pièces justificatives*, catalogue de la bibliothèque de Danton.

Outre les livres de droit et de littérature ancienne et moderne, on y trouve, en histoire : Hérodote; Plutarque; Rollin, *Histoire ancienne;* une *Histoire du Bas-Empire* en 22 volumes ; Fleury, *Histoire ecclésiastique ;* Robertson, *Histoire d'Écosse et d'Amérique ;* Rapin, *Histoire d'Angleterre ;*

déiste fanatique formé à l'école de Rousseau, ou
des sceptiques exclusivement nourris de Voltaire;
il n'y avait qu'un tel politique, disons-nous, qui
fût capable de reconnaître et de proclamer la
nécessité d'un gouvernement, et d'organiser,
pour la défense de la patrie et de la République,
une dictature invincible comme fut celle du
grand Comité, au milieu du péril que faisait
courir à la France l'anarchie où elle était plongée
dans la première moitié de 1793, en face de la
coalition du dehors et de l'insurrection monarchique du dedans, d'après la décomposition politique produite par la Constitution démocratique
de 1791 ou par l'application de la doctrine du
*Contrat social !*

Car tandis que Rousseau assignait à l'inspiration populaire, à la volonté générale qu'il grati-
fiait d'une prescience et d'une infaillibilité natu-

---

une *Histoire moderne* en 30 volumes; Davila, *Guerres civiles
de France;* Brantôme; Velly, *Histoire de France;* le président
Hénault, *Idem ;* Raynal, *Histoire philosophique des deux
Indes; Tableau de la Révolution française*, 13 cahiers; Venuti,
*Rome moderne;* Guichardin, *Histoire d'Italie ;* Denina, *Révo-
lutions d'Italie;* Dolina, *Dictionnaire historique*, 8 volumes;
*Histoire des Voyages*, 23 volumes, etc. En sciences naturelles :
*la Maison rustique;* Bomard, *Dictionnaire* en 15 volumes;
Buffon, 58 volumes. En philosophie: Lucrèce, Rabelais, Mon-
taigne, Montesquieu, Mably, Rousseau, Voltaire, Helvétius,
Boulanger, Condillac, la *Philosophie de la nature*, etc. Black-
stone, *Commentaires;* Beccaria, *Des Délits et des Peines;*
Adam Smith; l'*Encyclopédie par ordre de matières;* Bayle,
*Dictionnaire*, etc.

relles absolùment utopiques, un droit exclusif et une compétence spécifique pour découvrir les principes de l'ordre social et pour gouverner la nation : au contraire, les Encyclopédistes n'accordaient cette capacité qu'à la connaissance réelle, approfondie du monde et de la société, à la science unie à toutes les qualités du cœur et du caractère, et voulaient que le gouvernement fût fondé sur l'étude positive des hommes et des choses, subordonnée à l'utilité publique.

Or, nulle application plus importante et plus décisive ne fut faite de leurs théories politiques qu'en 1793, quand l'homme d'État de la grande crise, Danton, en plein délire métaphysique et pendant le triomphe le plus périlleux de la doctrine de la souveraineté populaire, subordonnant le principe au fait, la croyance au résultat et écartant la politique de Rousseau pour suivre celle des Physiocrates, fit prévaloir le gouvernement central sur les autonomies locales, la dictature du Comité de salut public sur l'indépendance communale, par cette admirable création du gouvernement révolutionnaire qui conserva l'intégrité de la France et sauva le pays.

C'est bien là, en effet, ce qu'ont produit de plus précieux pour l'Humanité les principaux représentants du xviiie siècle, en philosophie et à la tête des affaires.

Mais leurs meilleurs travaux établissent qu'ils ne se rattachent pas moins étroitement à l'école constructrice du xixe siècle, au positivisme, et que c'est en toute vérité que le promoteur de ce nouveau mouvement philosophique et social, que l'on peut considérer déjà comme ne devant plus s'arrêter, a pu dire :

« Depuis que la situation écarte toute tendance purement négative, il n'y a de vraiment discréditées, parmi les écoles philosophiques du dernier siècle, que les sectes inconséquentes dont la prépondérance dut être éphémère. Les démolisseurs incomplets, comme Voltaire et Rousseau, qui croyaient pouvoir renverser l'autel en conservant le trône ou réciproquement, sont irrévocablement déchus, après avoir dominé, suivant leur destinée normale, les deux générations qui préparèrent et accomplirent l'explosion révolutionnaire. Mais, depuis que la reconstruction est à l'ordre du jour, l'attention publique retourne de plus en plus vers la grande et immortelle école de Diderot et Hume, qui caractérisera réellement le xviiie siècle, en le liant au précédent par Fontenelle et au suivant par Condorcet. Egalement émancipés en religion et en politique, ces puissants penseurs tendaient nécessairement vers une réorganisation totale et directe, quelque confuse qu'en dût être alors la notion. Tous se rallieraient aujourd'hui à la seule doctrine (le positivisme) qui, fondant l'avenir sur le passé, pose enfin les bases inébranlables de la régénération occidentale. C'est d'une telle école que je m'honorerai toujours de descendre immédiatement, par mon précurseur essentiel, l'éminent Condorcet (1). »

De nos jours, tous les esprits de valeur, métaphysiques ou matérialistes, ont constaté cette relation nécessaire entre la grande école philosophique du XVIII<sup>e</sup> siècle et celle qui, au XIX<sup>e</sup>, professe la philosophie positive.

Entre autres, M. Pascal Duprat, dans sa remarquable étude sur l'*Encyclopédie*, déjà citée, s'exprime ainsi : « On a beaucoup parlé d'une philosophie positiviste dans ces dernières années, *les Encyclopédistes sont les ancêtres de cette philosophie ;* seulement, ils sont moins absolus que leurs disciples et ils ne suppriment pas aussi facilement qu'eux toute une province de l'esprit humain (la métaphysique), dépouillé ainsi d'une partie de son domaine (2). »

M. André Lefèvre n'est pas moins explicite ; il n'hésite pas à déclarer qu'Auguste Comte est le « successeur original d'Héraclite, d'Œnésidème, de Bacon, de *Diderot* et de Condorcet (3). »

Il n'y a donc que les littérateurs et les journalistes sans portée, les aveugles de parti pris, qui, méconnaissant une filiation aussi évidente, af-

---

(1) A. Comte, *Catéchisme positiviste*, préface, p. 10 et 11, Paris, 1852.

(2) *Les Encyclopédistes, leurs travaux, leur doctrine et leur influence*. Paris, 1866.

(3) Bibliothèque des sciences contemporaines : *La Philosophie*, par André Lefèvre ; in-12, Reinwald. Paris, 1879.

firment que Diderot n'aurait pas assez de mépris et d'anathèmes, aujourd'hui, pour la doctrine positiviste.

A ceux-là, qui s'appuyent, en dernière analyse, sur l'antipathie que les grands émancipés du siècle dernier ont toujours témoignée envers la religion, pour les mettre en opposition avec la philosophie et la politique d'Auguste Comte, nous répondrons que Diderot et ses congénères entendaient essentiellement rejeter *toute théologie*, mais non pas une synthèse philosophique à base scientifique, expurgée de surnaturel, comme est le positivisme, et pouvant servir de croyance générale commune, de moyen de ralliement spirituel ou de *religion* à tous les hommes ; autrement dit, la distinction capitale entre la théologie et la religion, effectuée plus tard par Auguste Comte, n'ayant été ni reconnue, ni même pressentie au temps des Encyclopédistes, ils confondaient ces deux choses cependant si différentes ; d'où leur éloignement pour tout système religieux quelconque.

Mais on est obligé de constater aussi qu'ils avaient élaboré eux-mêmes, autant qu'il était alors possible, les bases de cette foi démontrable appelée, selon eux et suivant les positivistes, à diriger définitivement notre espèce.

Ne comprenait-elle pas, leur vaste et puissante école, qu'on a traitée quelquefois d'atelier philosophique, un groupe *cosmologiste* (Clairaut, d'Alembert, Monge, Lagrange, Laplace, Lavoisier,

Guyton-Morveau, Berthollet, Vicq-d'Azyr, Buffon, Lamarck, de Lamettrie, Charles Bonnet, etc.) qui avait mené loin déjà la philosophie naturelle, l'étude scientifique du monde? Un groupe *sociologiste* (Montesquieu, Turgot (1), Condorcet, de Brosses, Chastellux, Raynal, Quesnay, Gournay, Dupont de Nemours, Mercier de la Rivière, Mirabeau le père, Volney, Hume, Adam Smith, Beccaria, etc.) qui avait directement abordé la science politique? Un groupe *moraliste* (Hume encore, Diderot, d'Holbach, Georges Leroy, Duclos, Vauvenargues, Kant, etc.) qui s'était plus spécialement pris à la science de l'homme et à ce que Bacon avait appelé la *philosophie première* (2)? Et n'est-ce pas cette phalange admirable de penseurs et de savants qui

(1) Nous n'envisageons ici cet homme éminent que comme philosophe et sans parler de son incomparable valeur comme homme d'État.

(2) Non pas que Diderot et d'Holbach, en particulier, ne se soient préoccupés, nous le répétons, des choses sociales ; ils s'en montrèrent, au contraire, le second surtout, constamment et profondément soucieux : mais ils confondaient l'un et l'autre la *sociologie*, l'étude de l'homme vivant en société, avec la morale, avec l'étude de l'homme individuellement et psychologiquement considéré, et ils faisaient rentrer entièrement la première dans la seconde, ils absorbaient la politique dans l'éthique. Ils ne se préoccupèrent, par exemple, comme Montesquieu et Condorcet, ni des conditions fondamentales d'organisation des nations (statique sociale), ni de leurs conditions d'évolution (dynamique sociale), ne cherchant que les propriétés mentales et affectives pour en tirer, principalement d'Holbach, des règles plus ou moins positives de conduite privée et publique, ce qui constitue bien réellement la confusion que nous venons de relever.

a produit, outre la critique décisive et complète de l'ancien régime (théologie et monarchie), la première ébauche de la philosophie positive, depuis la mathématique jusqu'à la morale, c'est-à-dire l'apport fondamental du XVIII<sup>e</sup> siècle à l'œuvre de la civilisation (1)?

Rien de plus légitime, donc, que de réunir ces trois groupes en une même école, puisque les savants proprement dits, à cette époque, outre qu'ils embrassaient toutes les branches du savoir positif, ne demeuraient étrangers à aucune des théories générales élaborées par les philosophes, et que ceux-ci, à leur tour, s'assimilaient toutes les connaissances scientifiques de leur temps comme base de leurs spéculations (2).

(1) On remarquera peut-être que parmi tant de célébrités nous n'avons pas fait figurer le docteur Marat, qui s'occupa, lui aussi, de politique et de morale dans ses *Chaînes de l'esclavage*, et de psychologie dans son traité de l'*Homme*, de physique dans ses recherches sur la lumière et sur le feu, et qui, avant d'être un politicien, fut aussi un philosophe? La raison en est que, bien qu'instruit dans plusieurs sciences, il garda toujours l'esprit et la méthode métaphysiques, et qu'il appartient, de ce chef, exclusivement, à l'école de Rousseau.

Il en est de même d'Helvétius, dont nous n'avons point parlé avec détail parce que sa thèse toute métaphysique de *l'intérêt* comme seul mobile moral de nos actions, annulée par les travaux de Hume, combattue par Diderot, Turgot, et rejetée par Georges Leroy lui-même, et bien plus encore sa théorie de *l'égalité des intelligences*, le rattachent étroitement à l'école révolutionnaire proprement dite, où Rousseau ne fit que développer ses conceptions principales.

(2) Montesquieu, Buffon, Diderot avaient fait de très fortes

Et n'est-ce pas la science aussi qui est l'agent le plus ferme et le plus ordinaire de l'émancipation intellectuelle, le dissolvant irrésistible de la théologie et de la métaphysique, en substituant partout les *lois naturelles aux volontés surnaturelles?* Que deviennent les dieux et dieu lui-même quand l'observation et le raisonnement ont découvert et formulé l'explication positive des êtres et des choses, des phénomènes quelconques, cosmologiques, biologiques, sociaux et moraux (1)?

L'école philosophique avait tellement conscience de la destination sociale de l'immense synthèse vers laquelle elle avait dirigé tous ses travaux, que l'auteur de la *Morale universelle* et du *Système social,* d'Holbach, dans ce livre si énergique contre les théologies quelconques : *La contagion sacrée,* que nous avons cité précédemment, n'avait point hésité à écrire, au chapitre traitant du sacerdoce et à propos de cette « refonte de toutes les âmes » qu'ambitionnait d'ores et déjà la philosophie moderne :

études mathématiques ; Quesnay avait écrit tout un système de cosmologie, qui servait comme d'introduction à ses constructions sociales ; Lamarck et Lamettrie n'étaient pas restés, il s'en faut, étrangers aux conceptions sociales et avaient écrit sur cet objet ; d'Alembert, un des géomètres les plus illustres qui aient existé, était l'auteur d'éléments de philosophie, du *Discours préliminaire de l'Encyclopédie,* et d'ouvrages histo_ riques.

(1) Voy. Auguste Comte, *Opuscules de philosophie sociale* (1819-1828), le livre le plus original et le plus fort en rénovation qui ait jamais été écrit.

« Rien n'eût été plus avantageux pour les nations que les instructions de quelques citoyens honnêtes, qui, ayant consacré leur temps à l'étude de la nature, à méditer ses voies, à faire des expériences, à s'enrichir de sciences réelles et de connaissances utiles, les eussent ensuite communiquées avec franchise à ceux que leur travail empêchait de s'occuper des mêmes objets. Si, au lieu de se repaître de chimères extravagantes et dangereuses, un certain nombre d'hommes se fût occupé de la MORALE, des rapports qui subsistent entre les êtres de l'espèce humaine, des devoirs qui en sont les suites, les gouvernements, la morale, la législation, la physique se seraient perfectionnés, et la somme des maux du genre humain eût au moins diminué sur la terre. La physique et une morale fondée sur la nature sont les seuls objets dignes de l'attention des hommes ; l'une leur apprend à multiplier les biens dont ils jouissent, à repousser ou du moins à soulager les maux qui les affligent ou qui les menacent (1) ;

(1) L'importance des sciences cosmologiques ou de la *philosophie naturelle* comme base de la politique et de l'éthique était tellement sentie par tous les esprits sérieux à cette époque, que Sylvain Maréchal a écrit dans un opuscule qui n'est, du reste, qu'une sorte de résumé de la doctrine de d'Holbach (*Culte et lois d'une société d'hommes sans dieu*) : « Tous les ans ils décernent une couronne à l'auteur de l'écrit le mieux fait contre le préjugé d'une croyance en dieu. »

« Chaque année ils appellent en leur enceinte un homme habile dans la science des corps, pour répéter quelques-unes

l'autre leur enseigne la vertu et leur prouve qu'elle est le seul soutien des empires, des sociétés, des familles, et la source unique de la félicité publique et particulière.....

« C'est à ceux qui ont médité ces grands objets qu'il appartient d'instruire les peuples, eux seuls méritent le nom de Sages *qui devraient être les seuls prêtres des nations.* Au lieu de former des superstitieux, des lâches, des fanatiques, leurs instructions formeraient des citoyens généreux, industrieux, éclairés, raisonnables. Par là, peu à peu, l'éducation répandrait des lumières, des connaissances, des vertus solides; une jeunesse ainsi formée formerait à son tour une postérité vertueuse, éclairée, *libre.* Chaque père de famille transmettrait à ses enfants les principes, les sentiments, les vertus qu'il aurait acquis lui-même; il développerait leur raison; il leur montrerait leurs intérêts les plus réels; il leur ferait de bonne heure contracter l'habitude de se rendre utiles; il leur ferait sentir le prix de l'honneur véritable; il leur inspirerait le désir de mériter la bienveillance de ceux dont l'estime et les secours leur seront un jour si nécessaires; il leur prouverait qu'ils sont intéressés à servir la patrie, à s'atta-

des nombreuses expériences qui démontrent la toute-puissance de la nature, sans recourir à un agent hors d'elle. » § XLIX.

C'était bien symboliser l'opposition fatale qui existe entre la science et la théologie.

cher à la grande famille dont l'association les a fait membres, à se conformer à des lois qui ont pour but le bien de tous, en un mot, il leur apprendrait à chérir les noms sacrés de vertu et de patrie (1). »

Un autre ennemi personnel de dieu et des rois va plus loin encore dans cette voie : il s'élève jusqu'à prévoir les missions civilisatrices qui seront dirigées dans l'avenir par les philosophes et les savants, ces Sages dont parle d'Holbach.

Après s'être élevé en ces termes contre les pompes du culte catholique : — « La vraie religion doit ressembler à la vérité. La seule religion digne de ce titre, c'est-à-dire *la morale*, doit être nue, sans voile mystérieux, sans ornements postiches, » il ajoute : « Qui empêcherait une compagnie de philosophes, à l'imitation des prêtres de Jésus, mais mieux intentionnés, sans se servir de vils moyens, d'*entreprendre la métamorphose des sauvages en hommes*, et non en esclaves. Quel mal y aurait-il à ce que plusieurs particuliers se réunissent pour suppléer par leurs lumières et leurs soins à la négligence des métropoles envers leurs colonies éloignées? etc. (2). »

(1) *La Contagion sacrée*, ou *Histoire naturelle de la superstition ; tableau des effets que les opinions religieuses ont produit sur la terre.* Première édition en 1767, sous le pseudonyme de Jean Trinchard ; deuxième édition en l'an V de la République française (1797), avec des notes et une préface de Naigeon.

(2) *Pensées libres sur les prêtres*, par Sylvain Maréchal, Paris, an VI, p. 11, § vi, et p. 51, § xl.

Tous ces nobles pressentiments de l'avenir de notre espèce ont été systématisés par Auguste Comte, et incorporés dans son *Système de politique positive* (1).

Il nous semble donc qu'il n'eût guère été possible, à une aussi grande distance, — plus d'un demi-siêcle ! — de mieux pressentir, de préciser davantage la nature scientifique ou positive du dogme et le caractère strictement social de la religion de l'Humanité.

Quel but se proposent les Encyclopédistes ? *La refonte de toutes les âmes.* Et Auguste Comte ? *La réforme des opinions et des mœurs.* Et par quels moyens ? des deux côtés, par l'observation et le raisonnement, pour ce qui concerne la connaissance, par la science étendue à tous les faits, à tous les ordres de phénomènes ; par la morale humaine et positive, sans dieu, pour ce qui est du sentiment ou des mobiles de la conduite ; enfin, en politique, sans roi, par la science sociale, directrice suprême des nations, et qui provoque le concours de toutes les volontés à une œuvre commune : l'exploitation de la planète par l'industrie substituée à la guerre. — Aussi, mêmes formules générales, même drapeau : *Substituer à la théologie et à la force militaire une foi démontrable, scientifique, dirigeant une activité pacifique et fra-*

_______________

(1) Voy. *la Politique positive et la question tunisienne*, in-8o, Paris, 1881, et *la Politique coloniale*, in-8o. Paris, 1884, par le Dr Robinet.

*ternelle ; réorganiser sans dieu ni roi, par le culte de l'Humanité !*

« J'aime la philosophie qui relève l'Humanité. La dégrader, c'est encourager les hommes au vice, » écrit Diderot à M^lle Voland ; « vous ne saurez jamais tout ce que j'ai rêvé pour la grandeur de l'homme, » dit Auguste Comte à M^me de Vaux.

Mais ce ne sont là, observera-t-on, que des généralités dissimulant à peine les incompatibilités fondamentales.

Sans nous arrêter à l'*Encyclopédie*, qui renferme tant de documents et d'aspirations utilisés par le positivisme, le *Système de la nature*, par d'Holbach et Diderot, cet ouvrage si considérable où la cosmologie, la politique et la morale sont abordées dans un esprit dégagé de toute théologie, sinon encore de toute métaphysique, n'est-il pas une approximation très éloignée sans doute, mais très reconnaissable cependant du *Système de philosophie positive ?* Et la *Morale universelle*, l'*Éthocratie*, le *Système social*, ces développements précieux du *Système de la nature*, n'ouvrent-ils point la voie que Comte a suivie pour arriver à la fondation de la science sociale et de la science morale, et à l'établissement de la prépondérance incontestée de cette dernière sur l'ensemble des sciences qui la précèdent, comme sur les actes de la vie publique et de la vie privée ?

C'est donc bien en continuant ce que l'on peut

appeler le grand xviiie siècle, l'école constructrice de Diderot, mais sans les recommencer, que le fondateur du positivisme a pu, théoriquement du moins, satisfaire à ce besoin de renouveau mental et de régénération politique et morale qui s'était emparé, à cette époque, de la société française et même de tout l'Occident, et auquel les Encyclopédistes s'étaient si glorieusement voués. Aussi a-t-il regardé comme un devoir d'incorporer à sa doctrine, en motivant chaque détermination, leurs œuvres principales, et les a-t-il recommandées aux méditations habituelles des contemporains et de la postérité : les discours politiques de Hume et ses essais sur l'entendement, les vues de Diderot sur le beau, ses recherches sur l'intelligence et le moral de l'homme, les spéculations de Georges Leroy sur les attributs supérieurs de l'homme et des animaux, le livre de Condorcet sur les progrès de l'esprit humain, les pensées de Vauvenargues et les observations de Duclos, les travaux scientifiques de Clairaut, de d'Alembert, de Lagrange, de Lavoisier, de Buffon, de Lamarck, etc., dont il a inscrit les noms glorieux dans le vaste répertoire de commémération publique destiné à tout l'Occident et plus tard au monde entier (1).

Mais il y a plus : la question cultuelle qui, au dire des révolutionnaires de notre temps, sépare-

_____

(1) *Bibliothèque positiviste au* xixc *siècle*, dans le *Système de politique positive.* — *Calendrier positiviste.*

4.

rait irrémédiablement le positivisme de la philosophie du xviiie siècle et de la Révolution française, et consommerait leur irrévocable divorce, est, au vrai, ce qui les unit le plus étroitement.

Il n'est pas douteux, — et des adversaires moins prévenus l'auraient reconnu depuis longtemps, — il n'est pas douteux que le mouvement d'émancipation philosophique de cette incomparable époque n'ait eu son aboutissant normal, inévitable et indispensable, son apogée ou son paroxysme, comme on voudra, dans la religion de 93, dans le culte de la déesse Raison! Et il n'est pas moins certain que cette grande tentative de ralliement spirituel, de synthèse rationnelle et sympathique, — noble et glorieuse, quoi qu'en aient dit les déicoles de toute robe, — émanée du mouvement encyclopédiste, des entrailles même du tiers état, ne constitue une des deux racines essentielles de la doctrine positiviste, relativement au culte de l'Humanité: l'autre plongeant, à travers le moyen âge et les temps polythéiques, jusqu'au fétichisme initial, afin de réunir en un même faisceau tous les éléments du processus religieux (1).

C'est donc, il faut le redire ici, faute d'avoir pu comprendre la distinction capitale qui existe entre la religion et la théologie — celle-ci

_____________

(1) Voir l'*Essai sur la prière*, par M. J. Lonchampt : Introduction historique; in-32, Leroux. Paris, 1878.

n'étant qu'un des modes particuliers et provisoires du dogme, ou de l'explication générale du monde et l'homme, et l'autre, au contraire, formant bien réellement le moyen permanent, éternel, du ralliement intellectuel et moral de notre espèce, — que les révolutionnaires de nos jours, déistes ou matérialistes, persistent à contester la filiation aussi évidente que réelle de la grande et inévitable institution qui assure, à travers les siècles, la coopération volontaire de toutes les forces humaines à l'œuvre de la civilisation générale, et qui va du fétichisme au positivisme, à la religion de l'Humanité, par la théocratie, le polythéisme proprement dit, le monothéisme, et le culte de la Raison.

Aucune hésitation n'est désormais possible sur ce point, et l'école philosophique de Diderot se relie au moins autant, au XIX<sup>e</sup> siècle, à l'école positiviste, pour achever la Révolution, qu'elle s'est rattachée, à la fin du XVIII<sup>e</sup>, au parti de Danton, pour commencer l'ébranlement régénérateur.

Aussi, tous les disciples de Comte, sans exception, ont-ils continué au fondateur de l'*Encyclopédie* le culte systématique que l'auteur de la *Philosophie positive* lui avait voué, et n'ont-ils pas attendu le prochain centenaire pour évoquer son image sur la voie publique et la présenter aux bénédictions de la foule.

La *Revue Occidentale* du 1<sup>er</sup> septembre 1882

contient à ce sujet une relation curieuse que nous ne devons pas manquer de reproduire ici.

C'est à propos de la fête nationale du 14 juillet de la même année, telle qu'elle fut célébrée à Paris dans le VI<sup>e</sup> arrondissement, sous l'impulsion d'un positiviste, M. G. Robinet, conseiller municipal du quartier de la Monnaie, *l'ancien district des Cordeliers :*

« ..... Une manifestation très remarquable comme exécution et surtout précieuse comme symptôme, a eu lieu au carrefour Buci, c'est-à-dire à l'intersection des rues de l'Ancienne-Comédie, Mazarine, Dauphine, Saint-André-des-Arts et de Buci.

« Les citoyens du quartier de la Monnaie y avaient enfin songé au passé, à nos illustres ancêtres de 1789, ils avaient évoqué les immortels souvenirs.

« C'est, à notre connaissance, la glorification la plus convenable de la grande époque, qui se soit produite dans l'immensité de la fête parisienne.

« Au cœur même de l'antique et glorieux district des Cordeliers, au centre du vieux Paris, dans le célèbre carrefour, une direction civique et intelligente avait disposé les statues et les bustes des citoyens qui ont eu une part aussi considérable qu'incontestable au triomphe de la Révolution, et qui tous ont vécu et produit le meilleur de leur œuvre sur le territoire actuel du sixième arrondissement. Le grand et bon Diderot d'abord, dont l'action philosophique fut si élevée et si radicale, qui habitait au coin de l'ancienne rue Taranne et de la rue Saint-Benoît ; Camille Desmoulins, le promoteur du 14 juillet, rue de l'Ancienne-Comédie ; l'*ami du peuple*, le docteur Marat, le savant publiciste et l'infatigable argus qui exerça, jusqu'à sa mort, un contrôle civique sur les hommes et sur les choses de ce temps ; enfin le président des Cordeliers, Danton, le chef actif de la démocratie parisienne au 10 août, le chef de la défense nationale en 92, l'homme d'État de 93, qui demeurait à côté de Marat, rue de l'École-de-Médecine (rue des Cordeliers), à deux pas du club.

« Pourquoi ne l'avouerions-nous pas ? Lorsque nous nous sommes vu dans ce lieu consacré, — que les patriotes d'aujourd'hui avaient baptisé, pour la circonstance : *Carrefour de la Révolution* — en présence des images de ces grands serviteurs de la France républicaine, de ces libérateurs de l'Humanité, — une profonde émotion nous a saisi, et notre souvenir s'est aussitôt reporté vers les temps héroïques où ils vivaient : quand la philosophie du XVIIIe siècle, si hautement représentée ici par Diderot et si vigoureusement servie et appliquée par nos pères de 89 et de 93, faisait tomber sous son souffle irrésistible les murailles imprenables de la Bastille, les abus de l'ancien régime, et le trône de France lui-même, tant de fois séculaire.

« Nous revoyions, en pensée, le district et le club des Cordeliers, avec leurs membres les plus illustres, dont le concours intrépide, prenant l'avant-garde du mouvement révolutionnaire, fonda le prestige de Paris, fit le succès des cinq grandes journées républicaines, de 1789 à 1793, et assura définitivement les résultats les plus essentiels et les plus fondamentaux de la Révolution : le renversement du trône et de l'ancien régime ; l'établissement et l'organisation de la République ; la défense nationale victorieuse, irrésistible.

« Quoi qu'ils aient pu commettre, les héros qui ont accompli de si grandes choses ; quoi qu'ils aient fait ou dit qui ne soit plus à la portée des esprits vacillants et des cœurs refroidis qui constituent, en majeure partie, le public de nos jours, ils sont sacrés pour nous ! ceux principalement dont les images glorieuses étaient élevées dans le feuillage, les guirlandes et les drapeaux qui s'entrelaçaient, le 14, au pourtour du carrefour Buci, se dressant dans toute leur majesté autour d'une alerte et charmante statue de la République, d'une *Marianne* décidée et joyeuse, courant porter au monde la bonne nouvelle, et qui, à coup sûr, avait pris ses airs et ses modes patriotiques à cette belle Liégeoise (la pauvre Théroigne !) qui enleva nos pères au grand soleil du 10 août et leur apparût comme le symbole de la victoire ouvrant la carrière aux invincibles cohortes qui sortirent triomphantes des terribles guerres de l'an II (1).

« Quelle joie nous avons ressentie de pouvoir contempler enfin pour la première fois à la lumière de la rue, au grand air de l'admiration publique et de l'enthousiasme populaire, ces immortels calomniés qui ont fait la France républicaine, la fière et libre nation qui sortit des mains de la Convention nationale !

« Nous avions bien vu jusqu'ici honorer publiquement Rousseau, qui, toute sa vie, demeura rivé à la chaîne de dieu ; Voltaire et Mirabeau, qui ne surent jamais s'affranchir du joug de la royauté, et tant d'autres types célèbres qui gardèrent toujours un pied dans l'ancien régime : mais Diderot, mais Danton !..... Non ! jamais il ne nous avait été donné de les contempler sur la voie publique, exposés à la reconnaissance et au respect des esprits libres, des cœurs sincères, des patriotes vraiment affranchis des servitudes d'antan, et qui veulent,

(1) Les artistes qui avaient concouru avec un empressement tout civique à la décoration du carrefour Buci sont MM. Ferdinand Taluet, statuaire, auteur du buste de Marat, en style décoratif, très applaudi et très enlevé ; Carlos Lagarrigue, du Chili, auteur du buste très réussi et très imposant de Diderot (d'après Houdon) : ces deux premières œuvres exécutées en quelques jours pour la circonstance ; Lefèvre, auteur de la ravissante République dont nous avons parlé ; Doublemare, auteur de la statue si naïve et si vraie, si pleine de foi et d'enthousiasme de Camille Desmoulins ; enfin, M. Laouste, auteur de la statue de Danton, reproduction très consciencieuse et très énergique du grand conventionnel.

avec Auguste Comte, réorganiser sans dieu ni roi, d'après la connaissance des lois de l'Humanité. »

On peut donc, et à bon droit, ériger, le 30 juillet prochain, sur la place Saint-Germain-des-Prés, le bronze du fondateur de l'*Encyclopédie;* mais cette réparation nécessaire ne peut faire oublier que le percement du boulevard Saint-Germain a fait disparaître, du même coup et pour toujours, des vestiges sacrés, des témoignages précieux pour l'histoire et pour le culte de la Révolution : les demeures de Danton et de Diderot, entre autres ! Elle ne doit pas faire perdre de vue, surtout, que, bien avant le jour du centenaire, le groupe positiviste de Paris a exposé à la vénération publique, en un jour solennel, les bustes et les statues des meilleurs ouvriers de la régénération moderne.

# IV

Si on veut bien prendre en considération les textes que nous venons de citer, — sans même accepter la manière dont nous les avons interprétés et les conséquences que nous en avons tirées, — si on pèse les termes dans lesquels Diderot, d'Holbach, Naigeon, et tant d'autres, ont exprimé leurs opinions essentielles, leurs aspirations les plus chères, et affirmé leur foi, on pourra juger de ce qu'étaient « *ces philosophes voués au mépris de tous les siècles* » depuis l'année 1794, époque du triomphe officiel de la métaphysique révolutionnaire ; on sentira tout ce que valaient ces grands citoyens, ces libres penseurs que nous voulons *canoniser* aujourd'hui et que le déisme démocratique, l'Église et l'Université, le robespierrisme et le cléricalisme ont à l'envi, pendant trois quarts de siècle, par le journal et par le livre, dans la chaire et à la tribune, par le catéchisme et par l'enseignement classique, poursuivi des accusations les plus fausses, les plus impudentes, et des insultes les plus lâches : au point de les rendre si méconnaissables et haïssables qu'il n'a rien moins fallu que la puissante action écrite et parlée du fondateur du positivisme et les efforts persévérants de son école, — bien avant que les néo-matérialistes et les niveleurs actuels n'y eussent mis la main, — pour les replacer à leur rang dans la série des bienfaiteurs de l'Humanité et leur faire regagner auprès du public l'estime et la reconnaissance qu'on leur avait enlevées et auxquelles ils ont droit (1).

Celui que, pendant sa sanglante domination, le meurtrier de Danton proclama, devant la Convention nationale : « le précepteur du genre humain, » Jean-Jacques Rousseau, avait dit dans le *Contrat social :*

« Il y a donc une profession de foi purement civile dont il appartient au souverain de fixer les articles, non pas précisément comme dogmes de religion, mais comme sentiments de sociabilité *sans lesquels il est impossible d'être bon citoyen ni*

______

(1) Voir dans le journal *l'Opinion* du 19 janvier 1884 : *La place est prise!* et dans la *Revue occidentale* du 1er mars : *Le Centenaire de Diderot*, par M. P. Laffitte.

Le romantisme a eu sa part dans cette méconnaissance absolue du grand xviiie siècle.

L'auteur de *la Fin d'un monde* et du *Neveu de Rameau* est un des meilleurs types de cette ignorance magistrale, de cette débilité intellectuelle, de cette sentimentalité superstitieuse trop peu rachetées par la couleur des mots, qui ont condamné les romantiques sans exception à ne rien comprendre aux Encyclopédistes et à la Révolution française.

*sujet fidèle.* Sans pouvoir obliger personne à les croire, *il peut bannir de l'État quiconque ne les croit pas;* il peut le bannir, non comme impie, mais comme insociable, comme incapable d'aimer sincèrement les lois, la justice, et d'immoler au besoin sa vie à son devoir. Que si quelqu'un, après avoir reconnu publiquement ces mêmes dogmes, se conduit comme ne les croyant pas, *qu'il soit puni de mort;* il a commis le plus grand des crimes : il a menti devant les lois (1). »

Pénétré du bien fondé de cette déclaration, Robespierre voulut l'appliquer. Dans son discours du 7 mai 1794 à la Convention, sur les rapports des idées religieuses (lisez théologiques) avec les principes républicains, à propos de la non-croyance en dieu, il dit :

« ..... Qui donc t'a donné la mission d'annoncer au peuple que la divinité n'existe pas, ô toi qui te passionnes pour cette aride doctrine, *et qui ne te passionnas jamais pour la patrie* (2)? Quel avantage trouves-tu à persuader à l'homme qu'une force aveugle préside à ses destinées et frappe au hasard le crime et la vertu; que son âme n'est qu'un souffle léger qui s'éteint aux portes du tombeau ?... Malheureux sophiste ! de quel droit viens-tu arracher à l'innocence le sceptre de la

---

(1) J.-J. Rousseau : *Du Contrat social, ou principes du droit politique,* liv. IV, ch. VIII : De la religion civile.

(2) Voy. p. 65 et 66 de ce volume la citation de d'Holbach (*Note de l'Éditeur*).

raison pour le remettre dans les mains du crime, jeter un voile funèbre sur la nature, désespérer le malheur, réjouir le vice, attrister la vertu, dégrader l'Humanité ? »

Voilà pour la doctrine ; quant à ses fauteurs, l'Incorruptible ne veut pas les dénoncer et les abattre pour délit de croyance : oh non ! mais, comme Rousseau, il les envoie à la mort en tant que mauvais citoyens, incapables de se subordonner au devoir, de s'y dévouer et de respecter les lois :

« Je n'ai pas besoin d'observer qu'il ne s'agit pas ici de faire le procès à aucune opinion philosophique en particulier, ni de contester que tel philosophe peut être vertueux, quelles que soient ses opinions, et même en dépit d'elles, par la force d'un naturel heureux ou d'une raison supérieure ; *il s'agit de considérer seulement l'athéisme comme national, et lié à un système de conspiration contre la République.*

Et quels hommes visait ici Maximilien ? La même homélie nous l'apprend :

« .... La plus puissante et la plus illustre (de ces sectes) était celle qui fut connue sous le nom d'*Encyclopédistes*... Cette secte propagea avec beaucoup de zèle l'opinion du matérialisme, qui prévalut parmi les grands et parmi les beaux esprits ; on lui doit en grande partie cette espèce de philosophie pratique qui, réduisant l'égoïsme en système, regarde la société humaine comme une guerre de ruse, le succès comme la règle du juste et de l'injuste, *la probité comme une affaire de goût ou de bienséance*, LE MONDE COMME LE PATRIMOINE DES FRIPONS ADROITS (1). »

C'est ainsi que, pour Rousseau et par Robespierre, ont été voués à une mort imméritée des Français d'un génie et d'un poids d'ailleurs si différents : Danton avec Hébert, Hérault de Séchelles avec Chaumette, Condorcet avec Euloge Schneider ! — Olavidès l'encyclopédiste, l'admirateur de Voltaire et de Quesnay, l'ami de Campomanès et de d'Aranda, le pupille de la Convention nationale, victime de l'Inquisition en Espagne avant de l'être de l'Inquisition robespierriste en France, attendait dans les prisons d'Orléans le sort réservé à Condorcet, quand le 9 thermidor vint à le délivrer.....

(1) De nos jours, un des plus illustres disciples de Rousseau et du député d'Arras, M. Louis Blanc, a cru devoir consacrer encore ces déclamations à la fois menteuses et meurtrières :

« L'athéisme est aristocratique, a-t-il dit. L'idée d'un Grand-Être qui veille sur l'innocence opprimée et punit le crime triomphant est toute populaire..... On a vu comment le désir de briser la chaîne des croyances traditionnelles et imposées avait conduit les Encyclopédistes à n'admettre d'autre culte que celui de la Raison. Nous les avons montrés se réunissant, les dimanches et les jeudis, autour de la table du baron d'Holbach, pour y fêter, *verre en main*, leur chère déesse », etc. (a).

M. J.-B. Foucart, dans la *Politique positive*, revue dirigée par le Dr Sémérie, a retracé et admirablement jugé l'action politique et religieuse de l'Incorruptible, dans une série d'articles parus en novembre et décembre 1872, sous ce titre : *Le Pontificat de Robespierre*.

(a) *Hist. de la Révolution française*, t. IX. Paris, 1857.

Ne parlons pas des femmes ! quoiqu'on ait peine à passer sous silence des meurtres impies comme ceux de Marie-Marguerite-Françoise Goupil (femme Hébert) et de Lucile Duplessis (femme Camille Desmoulins) !...

Mais ne frémit-on pas à penser que s'ils eussent vécu au mois de prairial an II, des hommes comme Montesquieu, d'Holbach, Diderot, Buffon, Voltaire, Turgot, eussent eu à répondre au sanglant sacrificateur du culte de l'Être suprême,—au protecteur de dieu—d'avoir travaillé comme ils l'avaient fait à l'affranchissement du genre humain ; et que leurs têtes sacrées eussent pu aller rejoindre, dans le fatal panier, celles de Lavoisier et de Danton ?...

A tant de calomnies et d'iniquité, à ces assassinats juridiques, les grands émancipés du XVIIIe et du XIXe siècle ont répondu par leurs œuvres : ils ont démontré que l'on peut avoir de l'intelligence et même du génie, que l'on peut être bon, juste, honnête, vertueux, désintéressé, sociable, observer les lois et immoler son intérêt à son devoir, *sans croire en dieu*. Ils ont fait plus : ils ont prouvé les dangers actuels du théologisme, en morale et en politique ; ils ont établi la supériorité des croyances scientifiques sur les surnaturelles, pour arriver à une constitution plus haute, plus vraie et meilleure, de l'individu, de la famille, de la patrie, de l'Humanité (1).

(1) Le principal obstacle à l'avènement de leur doctrine, ébauchée et poussée plus ou moins loin dans toutes les direc-

C'est pour contribuer autant qu'il nous était possible de le faire à l'œuvre de réhabilitation que l'on se propose d'inaugurer par les solennités des 27 et 30 juillet, et pour protester de tout notre cœur contre l'opinion fausse, indigne, que la France s'est faite trop longtemps des Encyclopédistes, contre le traitement honteux qui a été infligé à leur mémoire par tous ceux qui, monarchistes ou démocrates, se rattachent encore à l'ancien régime, que nous avons, en le présentant sous son vrai jour, réimprimé un des morceaux sortis de la plume de Diderot qui a provoqué le plus de rage et appelé sur sa mémoire le plus de malédictions, de la part de ses détracteurs.

tions par les Hume, les Turgot, les Diderot et les Condorcet, achevée et systématisée par Comte, c'est l'apathie et la défaillance du public et de ses précepteurs les plus accrédités : à l'Académie, dans le journalisme, à l'Église, à l'Université ; c'est la profonde ignorance des masses, pour qui, selon la juste remarque de M. Pierre Laffitte, les travaux de l'école scientifique restent aussi inconnus que les papyrus du temps de Sésostris.

# LES

# ÉLEUTHÉROMANES

## OU

## LES FURIEUX DE LA LIBERTÉ

# LES ÉLEUTHÉROMANES

OU

## ABDICATION D'UN ROI DE LA FÈVE

L'AN 1772.

## DITHYRAMBE

Seu super audaces nova dithyrambos
Verba devolvit, numerisque fertur
Lege solutis.          HORAT.

---

## ARGUMENT

Le dithyrambe, genre de poésie le plus fougueux, fut, chez les anciens, un hymne à Bacchus, le dieu de l'ivresse et de la fureur. C'est là que le poète se montrait plein d'audace dans le choix de son sujet et la manière de le traiter. Entièrement affranchi des règles d'une composition régulière, et livré à tout le délire de son enthousiasme, il marchait sans s'assujettir à aucune mesure, entassant des vers de toute espèce, selon qu'ils lui étaient

inspirés par la variété du rythme ou de cette har-
monie dont la source est au fond du cœur, et qui
accélère, ralentit, tempère le mouvement selon la
nature des idées, des sentiments et des images.
C'est un poème de ce caractère que j'ai tenté. Je
l'ai intitulé : *Les Eleuthéromanes, ou les Furieux de
la liberté*.

Peut-être suis-je allé au delà de la licence des
anciens. Je regarde dans Pindare la strophe,
l'antistrophe et l'épode, comme trois personnages
qui poursuivent de concert le même éloge ou la
même satire. La strophe entame le sujet; quelquefois l'antistrophe interrompt la strophe, s'em-
pare de son idée, et ouvre un nouveau champ à
l'épode, qui ménage un repos ou fournit une autre
carrière à la strophe. C'est ainsi que dans le
tumulte d'une conversation animée, on voit un
interlocuteur violent, vivement frappé de la pensée d'un premier interlocuteur, lui couper la
parole et se saisir d'un raisonnement qu'il se
promet d'exposer avec plus de chaleur et de force,
ou se précipiter dans un écart brillant. La strophe,
l'antistrophe et l'épode gardent la même mesure,
parce que l'ode entière se chantait par le poète
sur un même chant, ou peut-être sur un chant
donné. Mais j'ai pensé que le récit se prêterait à
des interruptions que le chant et l'unité du per-
sonnage ancien ne permettaient pas. Mes strophes
sont inégales, et mes Eleuthéromanes paraissent,
dans chacune, au moment où il me plaît de les

introduire. Ce sont trois Furies *acharnées sur un coupable*, et se relayant pour le tourmenter (1).

Je me trompe fort, ou ce poème récité par trois déclamateurs différents produirait de l'effet.

Il ne me reste qu'un mot à dire de la circonstance frivole qui a donné lieu à un poème aussi grave. Trois années de suite, le sort me fit roi dans la même société. La première année, je publiai mes lois sous le nom de *Code Denis*. La seconde, je me déchaînai contre l'injustice du destin, qui déposait encore la couronne sur la tête la moins digne de la porter. La troisième, j'abdiquai, et j'en dis mes raisons dans ce dithyrambe, qui pourra servir de modèle à un meilleur poète.

A Rome, dans une même cause, on a vu un orateur exposer le fait, un second établir les preuves, et un troisième prononcer la péroraison ou le morceau pathétique. Pourquoi la poésie ne jouirait elle pas, à table, entre des convives, d'un privilège accordé à l'éloquence du barreau ?

(1) Le *coupable*, ici, pour Diderot, qu'était-ce ? sinon le roi de France ! — (*Note de l'Éditeur*).

# LES
# ÉLEUTHÉROMANES

ou

## LES FURIEUX DE LA LIBERTÉ

Fabâ abstine.
PYTHAGORE.

---

### STROPHE.

Accepte le pouvoir suprême
Quiconque enivré de soi-même
Peut se flatter, émule de Titus,
Que le poison du diadème
N'altérera point ses vertus,
Je n'ai pas cette confiance,
Dont l'intrépide orgueil ne s'étonne de rien.
J'ai connu, par l'expérience,
Que celui qui peut tout, rarement veut le bien.
Éclairé par ma conscience
Sur mon peu de valeur, je l'en crois; et je crains

Que le fatal dépôt de la toute-puissance,
Par le sort ou le choix remis entre mes mains,
D'un mortel plein de bienfaisance,
Ne fît peut-être un fléau des humains.


## ANTISTROPHE.

Ah! que plutôt, modeste élève
Du vieillard de l'antiquité,
Dont un précepte très vanté
Défend l'usage de la fève,
Du sage Pythagore endossant le manteau,
Je cède ma part au gâteau
A celui qui, doué de la faveur insigne
D'un meilleur estomac et d'une âme plus digne,
Laisse arriver ce jour, sans être épouvanté
De l'indigestion et de la royauté.


## ÉPODE.

Une douleur muette, une haine profonde
Affaisse tour à tour et révolte mon cœur,
Quand je vois des brigands dont le pouvoir se fonde
Sur la bassesse et la terreur,
Ordonner le destin et le malheur du monde.
Et moi, je m'inscrirais au nombre des tyrans!
Moi, dont les farouches accents,
Dans le sein de la mort, s'ils avaient pu descendre,
Aux mânes de Brutus iraient se faire entendre!

Et tu les sentirais, généreux Scévola,
De ton bras consumé ressusciter la cendre.
    Qu'on m'arrache ce bandeau-là !
    Sur la tête d'un Marc-Aurèle
Si d'une gloire pure une fois il brilla,
Cent fois il fut souillé d'une honte éternelle
    Sur le front d'un Caligula.


## STROPHE.


Faut-il enfin déchirer le nuage
Qui n'a que trop longtemps caché la vérité,
    Et montrer de l'Humanité
    La triste et redoutable image
Aux stupides auteurs de sa calamité?
    Oui, oui, j'en aurai le courage.
Je veux, lâche oppresseur, insulter à ta rage.
Le jour, j'attacherai la crainte à ton côté
La haine s'offrira partout sur ton passage;
    Et la nuit, poursuivi, troublé,
Lorsque de ses malheurs ton esclave accablé
    Cède au repos qui le soulage,
Tu verras la révolte, aux poings ensanglantés,
Tenir à ton chevet ses flambeaux agités.


## ANTISTROPHE.


La voilà ! la voilà ! c'est son regard farouche
    C'est elle ; et du fer menaçant,

Son souffle, exhalé par ma bouche,
Va dans ton cœur porter le froid glaçant.


## ÉPODE.


Éveille-toi, tu dors au sein de la tempête;
  Éveille-toi, lève la tête;
Écoute, et tu sauras qu'en ton moindre sujet,
  Ni la garde qui t'environne,
Ni l'hommage imposant qu'on rend à ta personne
N'ont pu de s'affranchir étouffer le projet.


## STROPHE.


L'enfant de la nature abhorre l'esclavage;
Implacable ennemi de toute autorité,
Il s'indigne du joug; la contrainte l'outrage;
Liberté, c'est son vœu; son cri, c'est Liberté.
Au mépris des liens de la société,
Il réclame en secret son antique apanage.
  Des mœurs ou grimaces d'usage
Ont beau servir de voile à sa férocité;
  Une hypocrite urbanité,
Les souplesses d'un tigre enchaîné dans sa cage,
  Ne trompent point l'œil du sage;
  Et, dans les murs de la cité,
  Il reconnaît l'homme sauvage
S'agitant sous les fers dont il est garrotté.

## ANTISTROPHE.

On a pu l'asservir, on ne l'a pas dompté.
Un trait de physionomie,
Un vestige de dignité
Dans le fond de son cœur, sur son front est resté;
Et mille fois la tyrannie,
Inquiète où trouver de la sécurité,
A pâli de l'éclair de son œil irrité...

## ÉPODE.

C'est alors qu'un trône vacille;
Qu'effrayé, tremblant, éperdu,
D'un peuple furieux le despote imbécile
Connaît la vanité du pacte prétendu.

## STROPHE.

Répondez, souverains : qui l'a dicté, ce pacte?
Qui l'a signé? qui l'a souscrit?
Dans quel bois, dans quel antre en a-t-on dressé l'acte?
Par quelles mains fut-il écrit?
L'a-t-on gravé sur la pierre ou l'écorce?
Qui le maintient? la justice ou la force?
De droit, de fait, il est prescrit.

## ANTISTROPHE.

J'en atteste les temps; j'en appelle à tout âge;
Jamais au public avantage
L'homme n'a franchement sacrifié ses droits;
S'il osait de son cœur n'écouter que la voix,
Changeant tout à coup de langage,
Il nous dirait, comme l'hôte des bois :
« La nature n'a fait ni serviteur ni maître;
« Je ne veux ni donner ni recevoir de lois. »
Et ses mains ourdiraient les entrailles du prêtre,
Au défaut d'un cordon pour étrangler les rois.

## ÉPODE.

Tu pâlis, vil esclave! Être pétri de boue,
Quel aveuglement te dévoue
Aux communs intérêts de deux tigres ligués?
Sommes-nous faits pour être abrutis, subjugués?
Quel moment! qu'il est doux pour une muse altière!
L'homme libre, votre ennemi,
Vous a montré son âme fière;
O cruels artisans de la longue misère
Dont tous les siècles ont gémi,
Il vous voit, il se rit d'une vaine colère :
Il est content, si vous avez frémi.

## STROPHE.

Assez et trop longtemps une race insensée
De ses forfaits sans nombre a noirci ma pensée.
Objets de haine et de mépris,
Tyrans, éloignez-vous. Approchez, jeux et ris;
Que le vin couronne mon verre;
Que la feuille du pampre ou celle du lierre
S'entrelace à mes cheveux gris.
Du plus agréable délire
Je sens échauffer mes esprits.
Vite, qu'on m'apporte une lyre.
Muse d'Anacréon, assis sur son trépied,
Le sceptre des rois sous le pied,
Je veux chanter un autre empire:


## ANTISTROPHE.

C'est l'empire de la Beauté.
Tout sent, tout reconnaît sa souveraineté.
C'est elle qui commande à tout ce qui respire.
Dépouillant sa férocité,
Pour elle, au fond des bois, le Hottentot soupire.
Si le sort quelquefois me place à son côté,
Je la contemple et je l'admire :
Mon cœur, plus jeune, eût palpité.

## ÉPODE.

Mais à présent que les glaces de 'âge
Ont amorti la chaleur de mes sens,
J'économise mon hommage.
La bonté, la vertu, la beauté, les talents
Se sont partagé mon encens.


## STROPHE.

La *Bonté* qui se plaît à tarir ou suspendre
Les pleurs que l'infortune arrache de mes yeux ;


## ANTISTROPHE.

La *Beauté*, ce présent des cieux,
Qui quelquefois encore verse en mon âme tendre
De tous les sentiments le plus délicieux ;


## ÉPODE.

Le *Talent*, émule des dieux,
Soit que de la nature il écarte le voile,
Qu'il fasse respirer ou le marbre ou la toile,
Que par des chants harmonieux,
Occupant mon esprit d'effrayantes merveilles,
Il tourmente mon cœur et charme mes oreilles ;

## STROPHE.

La *Vertu* qui, du sort bravant l'autorité,
Accepte son arrêt, favorable ou sévère,
Sans perdre sa tranquillité :
Modeste dans l'état prospère,
Et grande dans l'adversité.

## ANTISTROPHE.

Celui qui la choisit pour guide,
D'un peuple ombrageux et léger
Peut, à l'exemple d'Aristide,
Souffrir un dédain passager ;
Mais quand l'ordre des destinées,
Qui des hommes de bien et des hommes méchants
A limité le nombre des années,
Amène ses derniers instants :
Athène entière est en alarmes ;
De tous les yeux on voit couler les larmes ;
C'est un père commun pleuré par ses enfants.

## ÉPODE.

Longtemps après sa mort sa cendre est révérée ;
Longtemps après sa mort sa justice honorée,
Entretien du vieillard, instruit les jeunes gens.

## STROPHE.

Aristide n'est plus; mais sa mémoire dure
Dans les fastes du genre humain;
Et l'herbe même, au temps où renaît la verdure,
Ne peut croître sur le chemin
Qui conduit à sa sépulture.

## ANTISTROPHE.

D'honneurs, de titres et d'aïeux,
Des écussons de la noblesse,
Des chars brillants de la richesse,
Qu'on soit ivre à la cour, à Paris, envieux,
Laissons sa sottise au vulgaire.
La bonté, la vertu, la beauté, les talents,
Seront pour nous, qu'un goût plus sûr éclairé,
Les seules grandeurs sur la terre
Dignes qu'en leur faveur on distingue des rangs;
Tout le reste n'est que chimère.

## EPODE.

Issus d'un même sang, enfants d'un même père,
Oublions en ce jour toute inégalité.

Naigeon, sois mon ami; Sedaine, sois mon frère.
Bornons notre rivalité
A qui saura le mieux caresser sa bergère,
Célébrer ses faveurs, et boire sa santé.

# TABLE




Paris.—Imp. Vve P. Larousse et Cie, rue Montparnasse, 19.

www.ingramcontent.com/pod-product-compliance
Ingram Content Group UK Ltd.
Pitfield, Milton Keynes, MK11 3LW, UK
UKHW022252120726
13694UKWH00003B/1042